D1724341

Bei Nacht, von Haus zu Haus

Transfer L

Vincenzo Consolo

Bei Nacht,
von Haus zu Haus

Roman

Aus dem Italienischen
von Maria E. Brunner

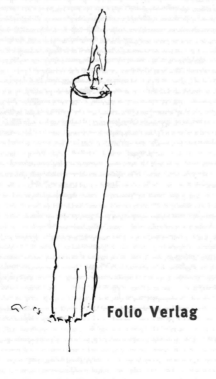

Folio Verlag

Titel der Originalausgabe: Nottetempo, casa per casa
© der Originalausgabe Arnoldo Mondadori Editore SpA, Milano

Der Verlag dankt für inhaltliche Hinweise und andere Hilfestellungen Maria Teresa Galluzzo, Marta und Francesco Vergara.

Die Handzeichnungen auf dem Umschlag und auf der Haupttitelseite stammen von Paul Thuile.

© der deutschsprachigen Ausgabe
FOLIO Verlag Wien • Bozen 2003
Alle Rechte vorbehalten

Grafische Gestaltung: Dall'O & Freunde
Druckvorbereitung: Graphic Line, Bozen
Druck: Dipdruck, Bruneck

ISBN 3-85256-250-3

www.folioverlag.com

Für die Schwestern

I

[MONDSUCHT]

Der Mond hat die Schuld;
er ist der Erde näher gekommen als seine Gewohnheit ist,
und nun werden alle Leute toll.
SHAKESPEARE, *Othello*, V. Aufzug, 7. Szene,
übersetzt von Christoph Martin Wieland

Und der schwache Schimmer im Osten stieg auf in den grenzenlosen Himmel hinter Sant'Oliva und der Ferla, hinter der unendlichen Weite der Felder, er breitete sich aus – denn jedes Gestirn, jede Jahreszeit kehrt wieder zur rechten Zeit, nur den Vergänglichen, den Sterbenden wird die Rückkehr verwehrt, wir sind Kinder eines grausamen Gottes, was soll's.

Der kalte Vollmond ging auf und enthüllte die Welt, die sturmumtosten Klippen und das Meer an der Calura, deutlich waren die silbernen Baumkronen zu erkennen, die Stämme der Olivenbäume. Sie schaukelten hin und her auf dem Hügel von Santa Barbara, oben, auf dem Abhang, auf der schmalen Ebene, im Widerschein des sanften quecksilberfarbenen Lichts, als ob sie frei von Wurzeln zu tanzen versuchten, ein stummer Zug, rau, voller Falten, gebeugt vom Blitzschlag, gesprenkelt, fleckig vom Baumfraß, wuchernd oder krumm, in sich versunken und seufzend.

Es steigt, steigt zum Himmel ein Wirbel von Glühwürmchen, der Mond, ein gespenstisch weißes Stück Zinkblech, er steigt auf und verursacht Gezeiten, Unruhe, Aufruhr und Trauer – wenn langsam und unerbittlich sein Zunehmen die Zuversicht dämpft, die Ruhe stört, an den Rand der steilen Abhänge treibt, zu den dunklen tiefen Räumen der Melancholie, sobald der Höhepunkt erreicht ist, der Mond wieder abnimmt, das Maß zum Überlaufen bringt, und der Vollmond, der plötzlich keiner mehr ist, in Schrecken versinken, in Angst ertrinken lässt.

Die Tür eines Hauses öffnete sich, und lautes Heulen zerriss die Stille, die über den Feldern lag, es war voller Verzweiflung und Schmerz, Schmerz der Zeit, vor dem es kein Entrinnen gab. Ein Schatten wälzte sich unter dem Mond, zwischen den Brombeersträuchern und dem Kalkgestein. Er lief, Mensch oder Tier, wie bedrängt, wie verfolgt von anderen Tieren oder unsichtbaren Dämonen. Und er weckte mit seinem Jammern, mit seinen traurigen Klagen Vögel Hunde Ziegen. Dann ertönte ein Konzert, ein Gekreisch, ein Gewinsel, ein Geblöke, wie wenn im Morgengrauen die Welt wieder erwacht oder eine Überschwemmung, ein Erdbeben sich ankündigt durch leichten Wind, wenn die Erde verhalten zittert.

In den abgelegenen Häusern oben auf dem Hügel, aufgeschreckt aus stärkendem Schlaf, glaubten sie, es seien die Schritte von zwielichtigen Gestalten, Dieben oder Landstreichern, die sich im Schutz der Finsternis ungestört tummeln.

Die Lichter wurden angezündet, die Mütter beruhigten die weinenden Säuglinge, gaben ihnen die Brust, die Männer holten die Sensenspieße und Gewehre von der Wand, sie lauschten hinter den verriegelten Türen.

Aber das schreckliche und verzweifelte Heulen bewegte sich hinab, auf das Dorf zu, wurde schwächer und verlor sich am Friedhof, es verstummte beim Aufprall an den Felsen am Fuße der *Rocca*. In diesem Augenblick öffneten sich Fenster, Luken in Türen wurden aufgestoßen, Arme von Frauen mit dem Licht in der Hand reckten sich hinaus in die Nacht (unter dem perlmuttfarbenen Himmel schien es wie der leichte Atem, die sanfte Sehnsucht der Seelen im Fegefeuer).

„Der Werwolf, der Werwolf! ...", flüsterte man in jedem Haus und erschauderte. Nun war der Werwolf auf der anderen Seite der *tonnara* unterwegs, hinter der Madre-del-Lume-Kirche, dem Leuchtturm, auf der Straße zur Porta Giudecca, dann auf der Straße der Candelora, benannt nach Mariä Lichtmess. Er bewegte sich tastend, winselnd, er schien verwundet, durch und durch, bis ins Innerste seines Herzens verwundet von einer Schuld ohne Ursache, ohne Namen. Und er zerbiss sich die Hände, zerriss sich den Hemdkragen. Das hagere Gesicht unter dem schwarzen Krausbart hatte die Farbe der Malaria.

Der Vollmond tauchte den Himmel in einen wächsernen oder pergamentfarbenen Schimmer, ließ den hoch aufragenden Felsen der *Rocca* erstrahlen, die Festung, den Dom, seine mächtige Apsis über den Kronen der Feigenbäume, der Mandelbäume, der Palmen.

Und die steilen Klippen und das Meer hinter den megalithischen Mauern.

Der Mann ging durch die *pusterla* und stand plötzlich vor den unwirtlichen und wilden Steinmassen, der unendlichen vom Widerschein des Lichts durchfurchten Fläche, über der wie ein Säbel der Leuchtturm hing. In dieser Ödnis, in dieser dumpfen Stille empfand er noch deutlicher die Schuld, den Schrecken – wenn es für uns einen anderen Hafen gibt, wenn unsere Seele, unsere Sehnsucht zu einem anderen Ufer gleitet, so ist sicherlich ein Abglanz davon diese nächtliche und bleiche Erscheinung, dieser elendigliche Anblick, dieser öde Limbus, diese blutleere Existenz, im Feuer, im Züngeln der Flamme ist die Bestimmung des Lebens.

Er fiel auf die Knie, er beugte den Oberkörper nach vorne, streckte die Arme weit von sich, mit der Stirn, mit den Fäusten schlug er auf den Boden, schluchzte und zitterte. Er schien Gott anzuflehen, verzweifelt anzubeten, einen fernen, abwesenden Gott, der gleichgültig und grausam ist, der unbekannt bleibt. Auf sein Schluchzen, auf seine Pein antworteten nur die ersterbenden, langsam von den Klippen zurückgeworfenen Wogen und die träge Stille, träge wie der dumpfe und höhnische Atem dieses Himmels und dieses Meeres.

Er erhob sich, zog hastig die Jacke aus, das Hemd, er wollte gerade auf die höchste Klippe klettern, die über das Wasser nach vorne ragte, als er gepackt, am Gürtel fest gehalten wurde von jemandem, der plötzlich aus dem Schatten herausgetreten war.

„Nein, nein! ...", schrie dieser.

Der Mann glitt von der Klippe herunter, fiel wieder auf die Knie. Er wurde unter den Achseln gepackt und hochgehoben, er klammerte sich an den Anderen und hielt sich an ihm fest.

„Oh Petro, Sohn ...", flehte der Mann, den Kopf an dessen Schulter gelehnt.

„Komm, gehn wir nach Hause ...", sagte Petro zu ihm. „Es ist zu Ende."

Der Mond, dort oben, machte aus beiden einen einzigen kurzen Schatten, fast glich er einer Pfütze im bleichen Spiegel des Wassers.

Der Vater wandte sich um und schaute einen Augenblick lang das Gestirn an, das bedrohlich über ihm stand, er legte den Arm schützend vor die Augen.

„Nein, nein!", schrie er dann und riss sich vom Sohn los. „Schnell, flieh! Sieh dich vor ...", beschwor er ihn, flehte ihn an.

Der junge Mann wich zurück, er schaute in die tief liegenden verwirrten Augen seines Vaters, in sein erdfarbenes Gesicht.

Und der Vater floh hinter das Mauerwerk, wie ein Besessener rannte er die Straße entlang. An der Kreuzung eilte er in Richtung Friedhof. Der Sohn folgte ihm mit einigem Abstand, das Kleiderbündel eng an die Brust gepresst.

Vor der Pforte des Friedhofs begann der Werwolf wieder zu heulen, die Verstorbenen anzurufen, er flehte um Hilfe, Gnade, er wollte sich losreißen von diesem ewig gleichen Schmerz, sich befreien von diesen Leiden, der immer gleichen Leere, der Angst, die auszehrt und nicht aufhört.

„Tod, Tod!", rief er. „Oh, meine Tura ...", flehte er die Ehefrau an, die dort begraben lag.

Aber auf dem Friedhof, dem Ort der Stille und der Ruhe, war alles friedlich. Die Zypressen wie aus Bronze oder Stein, die Grabsteine, die Säulen wirkten noch weißer im Mondlicht, war der Mond doch ein Bruder der Grabsteine, der Müdigkeit, des Schlafs, des Vergessens, der verwirrten und umherirrenden Seelen.

Dieser verhärmte Bauer rüttelte mit fürchterlicher Kraft am Gitter, ausgezehrt von Schlaflosigkeit, vom Fasten, von den Qualen, das Gitter knarrte entsetzlich, er wollte es aufreißen, wären da nicht die schwere Kette und das Schloss gewesen, die die zwei Flügel zusammenhielten. Er ließ sich zu Boden fallen, wand sich, krümmte sich, unter leisem Klagen, Speichel tropfte aus seinem Mund. Petro beobachtete ihn heimlich. Er hätte ihm gerne zumindest das Bündel unter den Kopf geschoben, das er an die Brust gepresst hielt, aber er hatte nicht den Mut, sich ihm zu nähern, also wartete er bis dieser letzte und schlimmste Anfall sich legen würde.

Dann streckte der Mann langsam seine Glieder, die Krämpfe ließen nach, die Zuckungen, die Klagen wurden schwächer. Schließlich gab er klein bei, auf dem Rücken liegend, mit ausgebreiteten Armen. Ganz oben, hinter der *Gran Rocca* über der Festung ging nun der Mond unter zwischen den Zinnen, den Pinien, jenseits der Ruinen des Tempels der Diana. Und er beschien noch einmal mit seinem letzten Schein den Friedhof, die nackte Brust, den beklagenswerten, den ausgestreckten und kalten Körper des Kranken.

Die Glocke in der Kirche des hl. Franziskus läutete.

Der Sohn näherte sich ihm, er sprach ihn an, schüttelte ihn.

Nur langsam kam der Vater wieder zu sich. „Was ist?", fragte er verstört.

„Gehen wir, Pa', es wird hell, die Morgenglocke hat schon geläutet."

Der betrachtete seine Hände, seine Brust, sah rings umher, starrte auf das Friedhofstor, in die Ferne, dann seufzte er.

„Die heilige Seele deiner Ma' verschone dich vor diesem Los, sie rette dich vor diesem Leiden, der Mondsucht ..."

Petro half ihm beim Aufstehen, beim Anziehen, er stützte ihn die Gasse entlang auf ihrem Heimweg, der in Serpentinen hinaufführte zwischen den Olivenbäumen und den Felsen, hinauf in Richtung Santa Barbara, zu ihrem Haus, wo die Töchter waren, die Schwestern.

II

[DIE ERSCHEINUNG]

Morgante sagte: „Wenn ich ehrlich sein soll,
dies scheint mir ein Raum voller Gespenster,
dieser Palast, Orlando, könnte verzaubert worden sein,
so wie es früher üblich gewesen."
PULCI, *Il Morgante*

Bedrückend still war es in den Häusern, in jeder Straße, in jedem Stockwerk, in jedem Bauernhaus, es war die Stille der Mittagsstunde, wenn auf die Zinnen, auf die Festungsmauern der *Rocca* Krähen, Elstern herabstürzen, Insektenschwärme über den Kanälen, über dem Moos der Wasserwannen schwirren, das Leben verlangt nach einer Pause von der Hast der Tage, von der Unbeugsamkeit der Zeit, es sucht nach Erfrischung durch Windböen, durch Brisen unter den gebrechlichen Schatten der Zweige, der Boote, in einladenden kühlen Räumen. Wenn die Erde dampft, die Luft zittert, in selbstvergessener Ungewissheit, dann folgen die Träume ihrer Bahn und mit ihnen die Erscheinungen, die Zeichen und Wunder, die Glockenklänge, die fernen Schalmeien, die unheimlichen Pfiffe auf den Bahngleisen.

Nur die Piluchera war in ihrem Laden fleißig bei der Arbeit. Sie trug die Viertel-, Halb- und Einliterkrüge und die Brauselimonade zu den einfachen Holztischen, schenkte den Kunden schnell wieder nach, es waren zu dieser Stunde an die vier fünf besonders treue Kunden, der Schutzmann, der Wasserhändler, der Diener des Barons, der Kriegsversehrte, sie alle leerten schläfrig stumm und einsam, mit dem Gesicht zur Wand, ihre Gläser. Don Peppino, der Kutscher, stand hingegen aufrecht da, an der Schank, die Peitsche in der Hand, er trank Wasser und Anisette mit Zitronensaft vermischt, und ein für alle Mal, dass es klar war, jawohl, er war kein Trinker, nicht deshalb war er Stammkunde in der Taverne. Das war allen klar, und auch Donna Grazia war im Bilde, sie stellte sich dumm, keine Ahnung, spielte die Ahnungslose. Und sie schmierte ihren Haarknoten immer mehr mit dem Öl von Makassar ein, puderte sich, sie durchwirkte das Trauerschwarz mit hellen Tüchern, mit hellen Borten aus Makramee auf der Brust. Aber die wirkliche Befreiung aus der lebenslänglichen Gefangenschaft, der

Bindung an einen Abwesenden, die war an ihrem Blick erkennbar, sie hielt ihn nicht mehr gesenkt, sondern er war offen und strahlend, voll Schalk und Frohsinn. Mit zwanzig war sie Witwe geworden, mit einem Sohn, den ihr der Ehemann als Pfand hinterlassen hatte, als er ausgerechnet gegen Kriegsende beschlossen hatte zu verschwinden.

„Besser so!", tröstete sie die Mutter. „Gott verschone uns davor, der wäre verkrüppelt oder blind oder verrückt zurückgekommen."

Die Mutter, das war die echte Piluchera, seit jeher von Haus zu Haus unterwegs um Haarknoten, Zöpfe zu flechten, was zum Spitznamen führte, den die Tochter erbte.

Mit der mageren Rente, die der König den Witwen zugedacht hatte, und der Hilfe der Mutter hatte Grazia, die Piluchera, diesen Laden eröffnet, direkt unter dem Palazzo von Baron Cìcio, und schenkte Wein aus, aber brühte auch Tees aus Queckengras und Kakteenblüten gegen Krankheiten.

Don Peppino ließ in dieser Stille, in der die Welt wie ausgestorben war, die Kutsche vor dem Eingang stehen, er zwängte sich in das Halbdunkel der Spelunke, um den Anblick, den Duft von Donna Grazia zu genießen. Das Glas in der Hand, wischte er sich die Lippe unter dem Schnauzbart ab und flüsterte Worte, Sätze, die klangen wie ein Gleichnis und ein Widerspruch zugleich.

„Die Welt ist rund", sagte er, „heute oben, morgen unten."

„Die Königin macht es nur mit dem König."

„Die große Biene setzt sich dorthin, wo der Saft ist."

„Nicht mal zum Bahnhof fahr ich jetzt mehr, Donna Grazia ... Mensch, würde ich doch den Pferdewirt kennen, der Euch striegelt!", platzte es am Ende wie eine Drohung aus ihm heraus. Die Piluchera stellte sich taub und verdrehte die Augen hinauf zu den Deckenbalken, spülte Gläser und Maßkrüge. Draußen standen die Kutsche und das Pferd, es schlug den Schweif, geplagt von der Sonne, von den Fliegen, es bog den Hals, es scharrte ab und zu mit den Hufen auf dem Straßenpflaster. Der Lärm der Hufe dröhnte aus der Straßengruft zurück, prallte an der Fassade des Palazzo Culotta und der Häuser am Fuße der *Rocca* ab, um ein vielfaches lauter breitete er sich weiter aus und kroch an der Fassade hoch, die zugehängten Balustraden entlang, hinein in die verdunkelten Zimmer des Palazzos von Don Cìcio.

Beim letzten, beim lautesten Hufschlag öffnete sich ein Holzladen und Don Nené trat im Schlafanzug auf den Balkon, ein Kopfkissen in den Händen.

„Mensch Peppino, Peppino Sardone, komm raus, verflucht nochmal!", schrie er. Und die Luft zitterte, so laut war der Schrei in dieser Stille, dass er sich weit über die Carubba hinaus dorfaufwärts ausbreitete, über die ganze *Rocca*, die gemauerten Zinnen, und dann als Echo wieder zurückflutete.

Schnell schob sich der Kutscher aus der Spelunke und schaute nach oben, dabei zog er die Mütze vom Kopf.

„Wie Euer Gnaden befehlen, Don Nené ..."

„Da, nimm, schieb das doch unter den Huf deines Viehs!" und er warf das Kopfkissen vom Balkon.

In diesem Augenblick traten auch der Diener Calò und Donna Grazia ins Freie.

„Ach, dort bist du, du Lump! Das wird dich teuer zu stehen kommen! Und Euch, Piluchera, Euch schmeiß' ich raus! Bei der Seele meiner Mutter, ich schmeiß' Euch raus! Dann hab' ich am Nachmittag endlich meine Ruhe", tobte der Baron.

Der Diener hob betreten das Kissen vom Boden auf, klopfte den Staub ab und schob es sich unter den Arm. Donna Grazia sah nach oben und hielt dabei schützend eine Hand vor die Augen.

„Herr Baron ... ", begann sie, doch im selben Augenblick tauchte am Ende des Viale Margherita vor den Augen aller eine seltsame Schar Fremder auf, die dann einbogen in die Via Mazzini, Richtung San Francesco, es waren die sonderbarsten Leute, die man in Cefalù je gesehen hatte und sicherlich auch in Palermo, in Siracusa oder Taormina.

Alle verharrten wie verzaubert.

Ganz vorne gingen zwei Knäblein mit blondem Lockenkopf, beide trugen bunt leuchtende Kinderhosen, was sehr ins Auge stach. Dann kamen zwei schlanke groß gewachsene Frauen, ihr langes Haar war gold- und kupferfarben, die eine trug eine purpurrote, die andere eine smaragdgrüne Tunika aus Seide, ihre Füße waren nackt. Als Letzter war ein majestätischer Mann mit einer Jacke aus Alpakastoff über bunten Hosen zu sehen, mit einer Fußbekleidung nach der Art der Mönche, das Haupt kahl geschoren, abgesehen von einer Locke, die sich einem Horn oder einer Flamme gleich, steil über der Mitte der Stirn aufrichtete. Er trug unzählige Ringe und Ketten und in der Hand hielt er, wie einen Bischofsstab oder ein Szepter, einen mit Gold und Steinen verzierten Stab, an der Brust trug er ein kleines weißes Bündel aus Spitzen und feinstem Organza, unter der Haube war ein Neugeborenes zu sehen. Alle tanzten zu den geheimen Klängen unsichtbarer Pfeifen, Pauken, Trommeln und Schalmeien.

Nachdem sie hinter einer Straßenecke verschwunden waren, spürte man in der Luft, die von einer Metallschicht bedeckt schien, noch lange einen Widerhall, einen zarten Nachklang, einen Abglanz – einem Trugbild von eindringlichem Schimmer aus leuchtenden Farben gleich.

„Im Namen des Vaters, des Sohnes und des Heiligen Geistes", sagte die Piluchera und bekreuzigte sich.

„Calò, Calò", schrie der Baron von oben herab. „Schnell, folg ihnen, schau, was das für Leute sind, wohin sie gehen!"

Der Kutscher kletterte auf den Bock, ließ die Peitsche schnalzen, riss an den Zügeln und fuhr ohne zu zögern los, die mit Eisen beschlagenen Räder des Wagens knirschten, die Hufe klapperten, das Zaumzeug klirrte.

Er wollte noch fragen, ob der Baron, gesetzt den Fall, die Kutsche brauche.

„Warte, warte!", schrie ihm der Diener zu, rannte hinter ihm her und kletterte auf den Landauer.

Sie holten den Karren von Pasquale Scoto ein, der völlig überladen war mit Kisten, Koffern, Körben.

„Was sind das für Leute, sag?", fragte der Diener ganz außer Atem.

„Keine Ahnung ...", erwiderte der Fuhrmann. „Gerade eben sind sie angekommen, um 14 Uhr 20 mit dem Zug aus Palermo."

„Und wohin gehen sie?"

„Nach Santa Barbara."

„Nach Santa Barbara?", fragten Diener und Kutscher ungläubig.

„Ja. Zur Villa des Cavaliere La Pace."

Sofort bekreuzigten sich beide.

Die Villa war bloß eine einfache Behausung, eine ebenerdige Hütte, versteckt zwischen grünem Laubwerk, milchweiß gestrichen, die Fensterläden waren rot wie frisches Schweineblut.

Ursprünglich wohnten hier wohl die Gutsbesitzer während der Weinlese oder der Olivenernte. Dieses Quartier war schon lange verriegelt, verlassen, verrufen als Schauplatz unheimlicher Begebenheiten, einerseits wohl weil es auf dem Hügel gegenüber vom Friedhof stand, abgetrennt vom Friedhofstor nur durch die Hauptstraße Trazzera Regia, die an der *Rocca* vorbei nach Messina und auch nach Palermo führte; andererseits, weil gemunkelt wurde, dort höre man nachts schluchzen, seufzen, Feuer flackern, Leintücher flattern, Lichter herumschwirren, Türen quietschen – manchmal sind die Toten unstet, sie finden keine Ruhe, stellen sich an die Türschwelle, verweilen in unserer Nähe und klagen über die Trennung, denn sie leiden wie die Lebenden an ihrer Erinnerung, an ihrer Reue.

Dann die Geschichte, das Gerücht, das im Dorf noch über die blonde Prinzessin kursiert, Tochter des holländischen oder dänischen Königshauses (eine Ophelia-Figur, die zufällig nicht ins Kloster ging, nicht zwischen Blumen in Gewässern lebte), die Mitte des 19. Jahrhunderts in Presidiana von einem Schiff an Land gegangen war und in dieser Villa Schutz gesucht hatte, beschützt von einem La Pace, um, geheim gehalten vor aller Welt, hier die Frucht einer Sünde zu gebären.

Am Ende der Straße, die von Spargelsträuchern und Myrte gesäumt war, vor dem Platz, brachte der Sardone seine Kutsche zum Stehen. Von dort aus konnten er und sein Freund die eigenartigen Neuankömmlinge beobachten. Der Mann, das Oberhaupt, übergab zuerst einer Frau das Neugeborene, dann kramte er den Schlüssel aus der Tasche, öffnete die Eingangstür aber erst, nachdem er sich verbeugt, seine Ehrfurcht durch Bewegungen von Haupt und Szepter bezeugt hatte, sicher alles Zeremonien gegen den bösen Blick oder

Techniken des Exorzismus, um die bösen Geister zu verscheuchen. Bei seinem feierlichen Einzug in das Haus stimmte er eine psalmähnliche Litanei an, ein *Gloria Patris*, Frauen und Kinder folgten ihm. Man sah dann, wie sich die anderen Türen öffneten, die Fenster, ein jeder erschien fröhlich bald hier, bald dort. Und die beiden Kinder spielten Fangen, sie wurden übermütig, liefen wie kleine Teufel türaus türein und ums Haus herum. Die Frauen bedeuteten dem Fuhrmann, sich zu nähern, man wolle mit dem Abladen des Gepäcks beginnen.

Calò und Peppino sprangen vom Kutschbock, um mitzuhelfen, wie es sich gehört aus Gastfreundschaft, wenn Leute von weit her kommen, und um eine gute Figur zu machen.

Scoto half zusammen mit den Frauen die Räume auszufegen, die Spinnweben zu entfernen und den Ruß, die Ratten zu verjagen, Mauergeckos, Schaben, die Eimer am Flaschenzug in die Zisterne hinunterzulassen und Wasser zu schöpfen, die Krüge mit Wasser zu füllen, die großen Tongefäße, die Wannen.

Bei Sonnenuntergang war die Arbeit getan.

Die ganze Zeit über war das Oberhaupt auf einem Felsbrocken gesessen wie auf einem Thron, den Stab in der Hand, unbeweglich, majestätisch, er hatte sein Gesicht, seinen Blick der roten Sonne über der *Rocca* zwischen den Zinnen der Festungsmauern zugewandt. Bestimmt war er von Adel, ein Fürst oder ein Baron, hatte immer scharenweise Dienerschaft und Landarbeiter um sich gehabt, daran gewöhnt, nicht selber zu arbeiten.

Die blonde Frau zahlte Pasquale Scoto aus, und die andere, die Rothaarige, wollte dasselbe mit Sardone und Calò tun, die beiden lehnten galant ab, aber nein, nicht doch, sie hatten ja aus Gastfreundschaft geholfen.

„Woher kommt Ihr, schöne Frau?", wagte der Diener zu fragen.

„Du monde entier", antwortete die Frau mit einer weit ausholenden Handbewegung und einem offenherzigen Lächeln, ihre Lippen hatten die Farbe der Veilchen.

Die Männer verabschiedeten sich unter vielerlei Verbeugungen. Bei der Kutsche bemerkte Calò, dass das Daunenkissen seines Herrn verschwunden war. Er ging zurück zur Frau und fragte, ob zufällig die Knaben, im Spiel ... Die Frau nickte, nahm Calò bei der Hand und führte ihn in einen Raum, wo auf dem Boden, in einer Schublade der Kommode auf dem Kissen das Neugeborene schlief, klein, wächsern wie ein Jesukind unter der Glasglocke.

„Pssst ... ", sagte die Frau. „Elle dort. Poupée, malade."

Calò trat einen Schritt zurück und verbeugte sich, gab zu verstehen, dass er begriffen habe, und kehrte beschämt zur Kutsche zurück.

Scoto und Calò ließen das Pferd laut hufschlagend die Anhöhe hinunter galoppieren, so, als seien auch sie abgefahren, doch sie machten kehrt, um dieses Volk weiter zu beobachten, auszuspionieren, mehr herauszubekommen. Sie versteckten sich hinter den Felsen und von dort sahen sie wie sich der Mann, die Frauen, die Kinder auf dem Platz aufstellten, zur Sonne hin gewandt, den Kopf gesenkt, den Oberkörper aufrecht, die Arme in die Luft gestreckt, und wie sie eine Litanei beteten.

Alle schnupften aus einer Schnupftabakdose, sogen an einer Pfeife, die sie einander reichten.

Das Oberhaupt war plötzlich wie in Trance.

„Sister Cypris, Sister Cypris!", rief er mit einer Falsettstimme, sie klang wie von weit her, schrill, wie aus einem anderen Mund.

Und die beiden *Cefalutani* trauten plötzlich ihren Augen nicht mehr, war es Täuschung oder Zauberei? Auch wegen der untergehenden Sonne, die die Welt pupurn färbte, alles veränderte, den Himmel in Feuer verwandelte, Erde, Bäume, Menschen, jede Erscheinung, jede Bewegung unwirklich erscheinen ließ.

Sie sahen die Blonde, wie sie ihre Tunika zu Boden fallen ließ, sich nackt auszog, sich hinstellte, gefügig wie eine Ziege, und diesen Mann, widerlich, schrecklich, der plötzlich weich erschien wie eine Frau, dann wieder feurig wie ein Junger, von der Rothaarigen mit den anstößigen Gesten einer unanständigen Kupplerin erregt, wie er die Blonde begattete, schreiend, krakeelend, unter Stoßgebeten, mit den Bewegungen eines Erzpriesters.

„Jesus Maria!", stotterte Calò mühsam. „So, im Freien, vor zwei unschuldigen Kindern ..."

III

[DON NENÉ]

Manchmal, wenn die gedemütigte Seele
sich in ihr trauriges Sehnen senkt
(langsam schwindet jede Kraft
wie durch eine unsichtbare Wunde)
plötzlich die Erinnerung an ein Leben ...
D'ANNUNZIO, *Erotica-Heroica*

Der Tag neigte sich, einem Schauspiel gleich, seinem Ende zu. Die untergehende Sonne warf zwischen dem Hafen und der Marchiafava ihr letztes feuriges Licht gegen die Vorhänge von Palazzo Cìcio, sie zeichnete auf dem Fußboden des Salons die Stickereien und die Schlingen nach, die Girlanden die Putten die im Reigen tanzenden Mädchen. Der Duft von Puder, von Myrrhe, süß und weibisch, von Stechäpfeln, Apozynazeen in den glacierten Tongefäßen, er breitete sich in der Luft aus, eroberte das ganze Haus.

Auf der Dormeuse atmete der Baron, Don Nené, mit weit geöffneten Nasenflügeln diese Düfte ein, sie waren Balsam für seine Nerven, linderten seine Ängste, milderten seinen Überdruss, seine Erschöpfung. Die Apozynazee vor allem, die Blüte von Maman. Als Braut hatte sie diese Pflanze nach Cefalù gebracht, die in Palermo jeden Söller, jeden Treppenabsatz, jede Loggia, jedes Belvedere, jeden Küchengarten beherrschte, die überall ihre Blütenknospen öffnet, in den botanischen Gärten der Villen, in den Sommerresidenzen der arabischen Emire und der normannischen Könige, denn ihre Blüte ist eine schneeweiße Blumenkrone, der Duft betörend, sie hat die seidige Haut des Orients, ist das geheime Wahrzeichen, die Lilie dieser liebenswürdigen Hauptstadt, die Freude der Familie Florio, Thron und Triumph der heiligen Rosalia. Sie hatte die Triebe mit Eierschalen geschützt vor den Nordostwinden, vor dem Libeccio, vor den Nordwinden, nach und nach hatte Maman diese Blüten auf jedem Balkon und jeder Terrasse heimisch gemacht, hatte Stecklinge an Freundinnen, an Bekannte verschenkt. So ist diese Blüte, weiß und elfenbeinfarben wie jene Felsentaube mit dem goldenen Reif, von seinem Balkon auf den gegenüberliegenden der Culotta geflogen. Und mit der Blüte auch die Liebe, die schreckliche Leidenschaft, das unvergängliche Gedenken an sie, die Grausame, die Stolze. Die längst Ehefrau und Mutter war und in Palermo blieb.

Verheiratet mit einem vulgären Mann, einem Emporkömmling. Ach, Rosa Culotta! Sie ähnelte nun, wenn man die Sache umdrehte, Elena di Santa Giulia, der leidenschaftlichen Kusine von Daniele Cortis, der unglücklichen Frau eines ordinären Barons, eines korrupten Senators, immer voller Sehnsucht, den Blick aufs Meer gerichtet, zu jener Liebe in der Ferne (doch Fogazzaro sollte wissen, dass nicht alle Barone gleich sind in Cefalù).

HYEME ET AESTATE
ET PROPE ET PROCUL
USQUE DUM VIVAM ET ULTRA

erinnerte er sich. Und er erinnerte sich an die zwei ineinander geflochtenen Hände, verewigt im Händedruck, eingemeißelt in die einsame Säule auf dem Hügel, von Efeu bedeckt, von den Wasserrosen mitten im Laubwerk, im Dickicht der Rosensträucher … Aber aus Trotz gegen Rosa, um die schmerzlichen Erinnerungen loszuwerden, umgab er sich mit der Aura des weit gereisten Mannes, zynisch, genießerisch. Er brüstete sich damit, in die faszinierendsten Damen vernarrt zu sein, in die hochmütigsten, die auf äußerster Distanz beharren, in Künstlerinnen oder Adlige, er gab vor, sie heimlich in Montecarlo zu treffen oder in Taormina, über Briefe die Kontakte zu pflegen, von der einen oder der anderen sei er sogar schon in Cefalù aufgesucht worden. Sein Ideal, sein Modell, so verkündete er, war der Dichter, der Kommandante, der Held und Herrscher von Fiume, der göttliche Gabriele, unnachahmlich allerdings auf zwei Gebieten, im erhabenen Dichten und in den niederen Lastern, den schändlichen, in jener schandbaren Gemeinheit weibischen Begehrens … Das ist kein Scherz! Er hatte sein Haus völlig neu eingerichtet, das ganze Dorf hatte gestaunt wegen der Anzeige, die in „L'Ora" von Palermo erschienen war, „Galleria Barraja – Vicolo Guccia, Angolo Via Villareale – außergewöhnliche Gelegenheit: grandioser Salon Louis XIV. und andere antike Möbelstücke des Barons Cìcio di Mazzaforno zum Verkauf ausgestellt", er hatte sein Haus dann mit Damaststoffen geschmückt, mit Samt, mit gemaserten Seidenstoffen, mit türkischen Möbeln, Konsolen, Wandspiegeln und mit Vitrinenschränken von Ducrot, Pfauenfedern in Vasen, gefiederten Palmenblättern in Blumentöpfen, Gemälden des De Maria, Marmorbüsten des Trentacoste, Statuen nackter nach hinten gebeugter Frauen des Rutelli, abgeschirmt hinter Schleiern aus Tarlatanstoffen, mit einer vom Bildhauer Gagini geschaffenen getreuen Kopie des heiligen Vito in Alabaster und Gold im Salon, des himmlisch schönen jungen Mannes aus Mazara, angebetet auch in Fiume, das sich gegen Rom, seinen Unterdrücker, stellte – er sollte zum Schutzpatron der jungen Legionäre, der *Arditi*, ernannt werden, auch sie lehnten sich gegen Rom, gegen den verfressenen Feigling, den *Cagoja* auf und strömten hier in Fiume vom Heroen gerufen zusammen. Oh, hätte er doch in der Blüte seiner Jugend gestanden, wäre er 20 Jahre alt gewesen! ... Und er sammelte Drucke mit ruchlosen erotischen Darstellungen, erotische Bücher, gewagte Gegenstände jedweder Lust, zweifellos *osé*, sie machten sein Schreibzimmer zum *enfer*.

Einen einfältigen Junggesellen nannte man ihn im Dorf, der es sich weit über die vierzig noch nicht vorstellen konnte zu heiraten, ohne Verwandte, allein wie eine einsame Palme in der Wüste, auch seine Mamà war schon lange von ihm gegangen.

„Ja, soll ich mir denn eine Fremde ins Haus holen!", herrschte er jeden an, der dieses heikle Thema anschnitt.

„Und der ganze schöne Besitz, das Erbe der Cìcio? ..."

„An die Kirche, an die Kirche! Wenn er nicht vorher von den Sozialisten geklaut wird, den bolschewistischen Hunden. Wenn man gesündigt hat, muss man an seine Seele denken ..."

„Heraus mit der Sprache, erzähl mir alles!", befahl der Baron begierig, als er seinen Diener sah.

Calò verdrehte die Augen, fuchtelte mit den Armen in der Luft, gab zu verstehen, dass es keine rechten Worte dafür gab.

„Nun red doch, Einfaltspinsel! Nach einem halben Tag, an dem du dich faul herumtreibst ..."

„Also, Hochwohlgeboren. Mit allem Respekt gesagt, sie ficken. Der Mann mit den beiden Frauen, die mögen es und machen mit.

Aber was einen so erschüttert, ist, sie machen es einfach so, ohne Scham, draußen, unter freiem Himmel, vor zwei unschuldigen Kindern. Und die spielen glückselig, laufen herum, wie wenn dies die normalste Sache von der Welt wäre, sie sind es ja nicht anders gewohnt ... Aber noch eigenartiger ist die Art und Weise, Don Nené. Sie tun alles mit Gesten, sie sprechen und singen dazu, ganz so als ob es, Gott sei mir gnädig, eine kirchliche Zeremonie wäre, eine Messfeier ...“

Der Baron war aufgestanden und zog schwer atmend an der Zigarettenspitze.

„Ich habe verstanden, ich habe verstanden!“, schrie er. „Sie gehören zur Sekte der Mormonen.“

Und er lächelte. Er trat auf den Balkon, schob die Stoffbahnen zur Seite und schaute die Via Carrettieri hinab, auf den Platz, den Garten mit den Gummibäumen, auf die verlassenen Tischchen des Cafés, die Strada dell’Avvenire, den Viale Belvedere, auf dem in der hereinbrechenden Dämmerung, in diesem aschfarben violetten Licht, nur ab und zu ein Passant zu sehen war. Der sogleich eingeholt wurde von einer Bettlerfamilie, einem in jämmerliche Lumpen gekleideten Haufen, Vater, Mutter mit einer Prozession von Kindern, die von morgens bis abends in den Straßen bettelten. Der Baron drehte sich ruckartig um, verließ den Balkon und näherte sich dem Diener.

„Ach, endlich ist der Schlaf zu Ende, die Langeweile in diesem toten, verschlafenen Nest, wie unerträglich dieser ewige Leichenzug, diese ewigen Kriegstoten, Hungerstoten, Fiebertoten! ... Hier weiß niemand mehr, was die Kunst bedeutet, der Genuss, die Mondänität! Ach, endlich eine Neuheit!“ und er ließ sich in den Sessel fallen.

„Woher kommen sie denn?“

„Was weiß ich ... ich habe die Dame danach gefragt und sie hat mir geantwortet, sie kämen von überall her, aus der unverdorbenen Welt ...“

„Du Rindvieh! Aber sag wenigstens, wie sie geredet haben?“

„Fremdländisch.“

„Es sind sicher Amerikaner", folgerte Don Nené und befahl: „Geh, beeil dich, such deinen Freund, den Sardone, und bring ihn hierher."

„Um diese Zeit?!"

„Jetzt sofort! Bevor sich die Geschichte herumspricht. Ihr müsst mir hier schwören, dass ihr das Geheimnis streng hüten werdet. Wenn auch nur irgendein Flüsterton bis zum stellvertretenden Polizeipräsidenten vordringt, bis zum Bezirksrichter oder – noch schlimmer – bis zum Bischof, dann ist das Fest zu Ende, noch bevor es richtig angefangen hat."

Nachdem der Diener das Zimmer verlassen hatte, sah der Baron sofort in der Bibliothek nach, ob nicht irgendeine Abhandlung über die Mormonen herumstand zwischen den unzähligen Büchern, die sich in einem derartigen Haus aus Hinterlassenschaften im Laufe der Jahrhunderte angehäuft hatten. Es waren in erster Linie religiöse Abhandlungen, wegen der vielen Mönche, Priester, Erzpriester, Domherren, Chorherren, Provinziale, Bischöfe unter seinen Vorfahren, den Merlos und den Cìcios. Es waren historische und theologische Streitschriften, Heiligenviten, Viten von Missionaren und Märtyrern, Dissertationen, Verteidigungsschriften, wie zum Beispiel (um nur einige im Volgare zu nennen) *Über die heldenhaften Taten, bewundernswerten Tugenden, über Leben, Tod und die wundersamen Taten von B. Agostino Novello aus Termini in 10 Kapiteln;* eine *Streitschrift des Mitglieds der Accademia degli Zelanti namens Tenebroso über die Geburt der Heiligen Venus zu Jaci im Widerspruch zu den Behauptungen des Paters Giovanni Fiore; Über die Inbrunst und Hartnäckigkeit des Einsatzes von Palermo, um Catania den Ruhm streitig zu machen, die Königin der Jungfrauen und Märtyrerinnen Siziliens hervorgebracht zu haben, die heilige Agata, die sich als völlig haltlos und unbegründet herausgestellt haben auf Grund derselben Prinzipien und Lehren der Schriftsteller aus Palermo.*

Der Baron zog verdrießlich die Bände aus den Regalen, das Taschentuch vor der Nase wegen des Staubs, der von diesen Papieren aufwirbelte. Und dann gab es noch alles Mögliche, was Cefalù betraf, seine Umgebung, von Gibilmanna bis nach Gratteri, nach

Castelbuono, nach Collesano, nach Láscari, Campofelice, Pollina ... und eine Kopie des *Rollus rubeus,* der Urkunden von König Roger, der Akten des Prozesses gegen den Bischof Arduino, die Geschichte Cefalùs des Passafiume, des Aurìa, des Pietraganzili, ... naturwissenschaftliche Abhandlungen wie *Die Flora Palermos, Die Naturgeschichte der Madonie, Der ornitologische Katalog der Inselgruppe um Malta, Der Katalog der zu Lande und in Flüssen lebenden Mollusken auf dem Gebirge der Madonie und in der Umgebung, Der Katalog der Krustentiere im Hafen von Messina,* ein *Traktat über die neuen Teleskop-Planeten* ... und weiter, eine Bedienungsanleitung für die Verwendung schräg gestellter Spiegel, über die Mittel gegen die krank machende Wirkung der Luft oder Erinnerungen an das Gas der Schwefelbergwerke ... Was für ein Gestank, was für ein Staub, was für ein alter Plunder! Er, Don Nenè, hätte liebend gern ein großes Feuer entfacht, um das Haus leer zu räumen, zu reinigen, zu entrümpeln. Und er dachte an andere Häuser des Dorfes, in denen ähnliche Bücher lagerten. An die alten Häuser der gesamten adligen Herrschaftsschicht, die seit den Kriegsmonaten bis zum heutigen Tag verriegelt waren, kalt wie Grabstätten, bewohnt von Mumien, Schattenwesen, von in Angst und Schrecken versetzten Tölpeln, bedroht und angefeindet in Zeiten wie diesen vom Lumpenpack der Kriegsheimkehrer, der Bauern. Er dachte an das Haus des Bastards mit all den Büchern über Philosophie, Politik, Dichtkunst in jedem Raum der Villa von Santa Barbara, die der Onkel, Don Michele, ein Irrer!, diesem Marano hinterlassen hatte, dem Sohn dieser Sara. Er dachte an die mächtigen Palazzi von Palermo, an die Pfarrhäuser, die Klostergemeinschaften, an die Armenhäuser, an die Oratorien, an die Klöster. Er dachte an Monreale, an San Martino delle Scale, an das erzbischöfliche Palais, an das Steri, an das Gemeindearchiv, an alle Orte mit geräumigen Kammern, Schreibstuben, breiten Korridoren, an die mit wackligen Schränken voll gestellten Flure, mit Regalen voll obskurer zerknitterter Pergamenthandschriften, voll loser Blätter von schlechter Qualität, müder Papiere, bedeckt von krebsartig wuchernden Schwämmen und Schimmelpilzen, die darauf erblühen, beschrieben mit Buchstaben Silben und Worten, die bereits dem Verfall anheim gefallen sind, die sich aufgelöst haben in schwarzem Rauch, zerfallen zu Asche und Staub, er dachte an die Gruften, an die Krypten, an die unterirdischen Gänge, an die Dachböden unter den Kuppeln der weiß getünchten Landhäuser, an die Katakomben voll mit einbalsamierten Büchern, an die Beinhäuser, an das finstere zernagte Reich, an das verborgene Imperium der Ratten der Motten der Holzwürmer der Silberfische im Meer der Buchseiten der Buchrücken der Titelseiten der Umschlagklappen. Und weiter an die längst vergangenen Zeiten, an die tief unter der Erde gelegenen und endgültig vergessenen Orte, an die begrabenen Bücher, an die von Trümmern bedeckten Pergamentrollen, verloren unter der Erde die abgerutscht war, unter dem Schlamm der vertrocknet war, dem Lavagestein, dem Salz, verkrustete und unter den Dünen starr gewordene Bücher, er dachte an die unendlichen Sandflächen der Wüsten. Oh, was für ein Angsttraum, zu ersticken. Vom tauben und gnadenlos schweren Gewicht unnützer oder verblasster Bände, von den immensen Bergen sinnloser und leerer Worte wird die Welt erdrückt werden, in den törichten Reden eines neuen großen Babel wird sie sich auflösen, im Universum verlieren. Zum Glück hatte Don Nené als Heilmittel, als Ausgleich seine geheime Hölle, er hatte als Vergnügen seinen Micio Tempio und er hatte vor allem, zur Stärkung seiner Seele, als Lebenselixier, seinen D'Annunzio.

Und wo seid ihr, oh seltene
Blumen, oh neue Düfte?

Über die Mormonen nichts.
An der Schwelle zeigte sich Peppa, behäbig, schwitzend, zerzaust.
„Gnädiger Herr, Don Nené, das Essen ist bereit."
„Nein, ich esse nicht!", antwortete er, bloß um sie zu ärgern, weil sie, die Alte, ihn wieder zurückgeholt hatte in die abgestandene Langeweile des Alltags, in den ekelerregenden Geruch der Häuslichkeit. „Ich habe Sodbrennen, Wallungen an der Mündung der Seele ... Du kennst das Gift, das du mir verabreichst!"

„Ich?! Was sagt Ihr da, junger Herr?", erwiderte Peppa gequält.

Es kamen die zwei, die schon erwartet wurden, der Diener und der Kutscher.

„Und, Sardone, nun?", sagte der Baron fröhlich zu Don Peppino, der sich mit der Mütze in der Hand ziemlich verschreckt hinter Calò versteckt hielt. „Ich habe dich rufen lassen, um dir zu sagen, dass heute, also, ich hatte schwache Nerven, es war ein Wutausbruch. Die Hitze ... ich konnte nicht schlafen ... und das Kissen ... Wo ist es übrigens geblieben, Calò?"

Calò schlug sich mit der Hand auf die Stirn.

„Das hätte ich fast vergessen, Exzellenz ... Dort habe ich es gelassen, bei den Mormonen. Sie haben ein Mädchen zum Schlafen draufgelegt ... sie konnten es nicht wecken ...“

„Gerade über die Mormonen wollte ich mit dir reden, Sardone ... Alles was ihr, du und Calò, heute dort gesehen und gehört habt, in Santa Barbara ... Vergesst es wieder!", sagte Don Nené herrisch. „Schweigt! Kein Wort davon, nicht einmal zu euren Schatten, zu euren Toten. Wir haben die Pflicht, verschwiegen zu sein, wir müssen uns den Fremden gegenüber diskret verhalten, verständnisvoll zeigen, gerade, wenn es Amerikaner sind, sonst kommt hier nie mehr jemand her, und dieses Dorf bleibt endgültig hinter den anderen zurück ... Seht ihr Taormina? Dort macht jeder gerade das, was er will ... Man hat mir gesagt, dort ist ein Deutscher, der fotografiert Knaben, einfach so, nackt, mit Girlanden aus Lilien und Weinrebenblättern auf dem Kopf ... Das ist seine Angelegenheit! Und, mein lieber Peppino, ich wollte auch die Piluchera beruhigen ... Sie kann in ihrer Taverne bleiben ... ich gebe ihr mein Wort ... Nun, Sardone?"

„Ehrenwort, Herr Baron! Schweigen“, versprach der Sardone, ging in Habtachtstellung und legte seine Hand zum Schwur an die Brust.

„Schweigen!", wiederholte der Diener, es klang wie ein Echo.

„So ist es gut", meinte Don Nené zufrieden. Und er fügte hinzu:

„Peppino, morgen, gegen 5 Uhr, brauche ich die Kutsche ... ich fahre nach Santa Barbara, ich hole dort höchstpersönlich dieses Kopfkissen ab ...“

IV

[DER TURM]

Denn wenn sich reget von Himmlischen
Einmal ein Haus, fehlt's dem an Wahnsinn nicht,
In der Folge, wenn es
Sich mehrt.
...
Alternd ... seh ich Ruin fallen
Auf Ruin; noch löset ab ein Geschlecht
Das andre, sondern es schlägt
Ein Gott es nieder. Und nicht Erlösung hat er.
SOPHOKLES, *Antigone*, 3. Akt, übersetzt von Friedrich Hölderlin

Wo alles vage ist, abstrakt, erhaben, wo Abwesenheit, keine Vernunft, kein Wille mehr ist, wo alles absolut gleichgültig ist, sich blind wiederholt, in der allgemeinen Demenz, da trifft das grausame Los einen einzigen Ort, es zerstört alle Zärtlichkeit, es trifft den wunden Punkt, es vernichtet, ein grausames, ein feiges Los, das Nichts, schwindelerregende Leere, die verschlingt, die festnagelt auf ihr Ebenbild, ein Los, das alles nach seinem Maß misst.

„Nein, ich ertrage sie nicht mehr, wirklich nicht mehr, diese Last in mir drin, und auf mir diesen Klotz!" So begann Petros Klage. Seine raue Stimme bewegte sich wie in einem Sog an den Steinen des Turms entlang, durch diesen unvollendeten Kegel, stieg hinauf und gelangte ganz oben ins Freie, breitete sich in der Luft aus. Und das Schluchzen.

„O mein Zuhause", rief er und seine Stimme war eine einzige Klage, „schmerzensreiches Haus, voll der Pein für die Frauen dort, Haus des Leidens, Haus der Unschuld ... sag es mir", forderte er entschlossen, „wird es ein Ende haben mit dem Jammer, der übermäßigen Strafe?" und er stellte sich das harte, magere Gesicht vor, die Haare, den gekräuselten Bart, die klar geschnittene Nase, die schmalen Lippen, das dunkle Auge, starr und leer, die krumme Hand, die das offene Buch umklammert hält: es steht geschrieben auf jenen Buchseiten jede Geschichte dieser Welt, das unveränderliche Geschick eines jeden Menschen.

„Nein, nein! ... ich will nicht!" und wie einen Fächer bewegte er die Hände, um jenes Bild auszulöschen, zu verscheuchen, den unermesslichen Gott, dessen Mosaik die Apsis ausfüllte im Dom, der einer Festung glich.

„Gnade, Gnade!", flehte er in dieser vollkommenen Einsamkeit, im Zufluchtsort Turm, diesem geheimen Oratorium der Klagen, der Tränen, der Erschöpfung. Er flehte die ganze Welt an, die ihn umgab, und doch wusste er nicht genau, wen.

„Ma'", rief er, „Mama ...", schwach waren die Erinnerungen, flüchtig (eine sanfte Hand, ein weicher Schoß, der Geruch von Öl, von Zedern, ein wehmütiges Lächeln, eine Regung der Angst ...), er litt umso mehr, da die Erinnerung lebendig, unauslöschlich war (der Schein der Kerzen in der Mitte des Raumes, die Dunkelheit nahm zu, sie breitete sich aus bis zu den Wänden hin, die dunklen Halstücher, die dunklen Schleier, der Geruch von Kampfer, von Lilien, der Tonfall der Klagen ...), er schluchzte noch lauter.

„Huuuuh ...", klagte er, auf den Boden niedergestreckt, „huuhh ... huuhh ... um ... umm ... umm ... umm ...", und in diesen dunklen, weichen Tönen wollte er sich verlieren, seinen Gedanken, seinen Gefühlen freien Lauf lassen. Er spürte, dass er wie immer an einer Grenze, an der äußersten Schwelle angelangt war. Wo es ihm noch möglich war innezuhalten, umzukehren, in der Nacht das Licht in der Lampe zu hüten, im Sturm. Und er klammerte sich an die Worte, an die Bezeichnungen echter, sichtbarer, konkreter Dinge. Er rief mit lauter Stimme: „Erde. Stein. Wasserrad. Haus. Backofen. Brot. Olivenbaum. Johannisbrotbaum. Essigbaum. Ziege. Salz. Esel. *Rocca*. Tempel. Zisterne. Mauern. Kakteen. Pinie. Palme. Festung. Himmel. Krähe. Elster. Taube. Buchfink. Wolke. Sonne. Regenbogen ...", er skandierte diese Worte, als ob er die Welt neu bezeichnen, neu erschaffen wollte. Als ob er bei jenem Augenblick ansetzen wollte, an dem noch nichts geschehen war, noch nichts verloren, die Sache noch einen friedlichen Verlauf nehmen konnte, das Wetter heiter war.

Dort, im großen Haus in Santa Barbara. Das gemeinsame Essen rund um den Tisch mit der Petroleumlampe und dem Pinienzapfen aus Porzellan als Gegengewicht darüber, die Fensterläden zur Terrasse hin offen, dort blickte man auf den Steinbruch, die Kalksteine, in Richtung San Calogero, auf das Meer tief unten, in Richtung Santa Lucia, die Terrakotta-Töpfe voller Aloe auf schmiedeeisernen Gestellen, die Schmetterlinge, die das Licht umkreisen, dagegen flattern, darauf fallen, die Vitrine, drinnen Glasschüsseln mit orangefarbenem Rand, der Krug, die Gläser aus facettiertem Kristall, die Mokkatassen mit den kleinen Damen unter dem Tassenrand, die

Likörflasche mit einer Girlande aus Veilchen, das Abtropfbrett für die Teller, der Trog für den Brotteig, der Korb mit dem Brot, der große Tonkrug, das kleine Fass für das Öl, die Maßkrüge ...

Und die Bücher, all diese Bücher, in jedem Zimmer hinterlassen vom *padrone*, von Don Michele. „Vittor Ugo", sagte er, „Vittor Ugo ..." und „Gian Valgián, Cosetta ...", „Tolstoi" und „Natascha, Anna, Katjuscha ..." und er erzählte, erzählte all die Geschichten, im Winter, wenn sie rund um das Kupfergefäß mit der glimmenden Reisigkohle saßen. Er erzählte weiter von Fra Cristoforo, Lucia, Don Rodrigo ... den Beati Paoli, den Fioravanti und Rizziere, Bovo d'Antona ... „Helft mir, ihr Christen, ich bitte um Beistand vor den Feinden, Mutter Gottes, helft mir doch! ...", flehte die Frau, allein, verloren in der Nacht.

„Hilfe, Petro, Hilfe! Lass mich nicht allein!", bat Lucia inständig, die Hände an die Eisengitter geklammert. Das braune Gesicht bleich, die großen Augen angsterfüllt „Sie vergiften mich, sie töten mich! ..." und die weißen Nonnen, robust wie sie waren, rissen an ihr, zogen sie vom Fenster weg.

Er drehte sich um und rannte, rannte durch den Garten, durch das Tor, die Straße entlang, durch alle Straßen, von Mezzomonreale in Richtung Piazza Marina. Im Park der Villa Garibaldi versteckte er sich im Innern eines großen Baums, gegenüber von Palazzo Steri, drinnen im Dickicht, im Gewirr der Zweige, die von oben herunterhingen, bis zum Sand reichten, sich wie Schlangen wanden und in der Ferne verschwanden. Er brach erschöpft zusammen. Den Kopf auf die Knie gestützt, weinte er. Er weinte sich in den Schlaf. Eine Hand, die ihn an den Haaren packte, ihm den Kopf herumriss, weckte ihn. Unter seinem Kinn, am Hals, fühlte er die Spitze eines Messers.

„Na, Hübscher, was machst du denn da? Wer schickt dich, was suchst du hier?", fragte ihn eine zwielichtige Gestalt, fixierte ihn starr. Auf dem Gesicht von Petro landeten Speicheltropfen.

„Ich? Nichts ...", sagte Petro. Er war ruhig, hatte alle Angst überwunden. „Ich habe mich nur ausgeruht ..." Der andere musterte ihn, studierte jede Bewegung, jede Regung seiner Gesichtszüge. Der

Fremde schien unschlüssig und bemerkte schließlich, wie weit weg dieser junge Mann doch war, verloren, dass er die Gefahr, der er sich ausgesetzt hatte, und auch die Bedrohung gar nicht beachtete, mit seinen Gedanken scheinbar noch bei einer Sache war, die gerade eben vorgefallen sein musste. Und er verstand, dass Petro unschuldig und allein war, nichts wusste von dem Handel, den Geschäften, die dort abgewickelt wurden, von der Ware, die im Baum versteckt war.

„Willst du Geld? ...", fragte Petro.

„Habe ich was von dir verlangt?" und er klappte das Messer mit einem Ruck zu. Mit einem Zangengriff packte er Petros magere Schulter, pflanzte sich dicht vor ihm auf, starrte ihm dabei in die Augen, als wollte er ihn aufrütteln, ihm die Kraft geben zu verstehen, zu reagieren.

„Siehst du dieses Gesicht?" Petro betrachtete das dunkle, vom Leben gezeichnete Gesicht, hielt dem Blick stand.

„Vergiss es! Und vergiss diesen Ort, die Villa, Piazza Marina ..." Er entwendete ihm rasch den Geldbeutel, öffnete ihn und entnahm den Personalausweis.

„Lies!"

„Marano Pietro, Sohn des Giuseppe und der verstorbenen Granata Salvatrice", las Petro, „geboren am 18. 2. 1901 in Cefalù, italienischer Staatsbürger und wohnhaft in Cefalù, Santa-Barbara-Viertel, ledig, Lehrer ..."

„Das reicht!" und er gab ihm den Geldbeutel zurück. „Wenn ich dich hier noch einmal erwische in der Kalsa, wenn ich noch einmal ein unangenehmes Erlebnis habe deinetwegen, oder auch nur die geringste Störung, dann werde ich dich ausfindig machen, in deinem Dorf, in deinem Haus, in deinem Bett! ... Jetzt verschwinde endlich, hau ab und pass auf ..."

Petro machte sich auf den Weg, er wollte zum Platz gehen, in Richtung Cala, dem alten Hafen.

„He!", rief der Kerl ihm nach, als Petro zum Ausgang des Parks ging. Petro drehte sich um.

„Nun grüß halt ..." Petro machte mit dem Kopf ein Zeichen.

Er erreichte Porta Felice. Zwischen den zwei majestätischen

Pfeilern, wo die gleißende Sonne in jenem Monat März hoch am Himmel keine Schatten mehr zuließ, da sah er hinauf, den ganzen Corso entlang, der bis zur Piazza Quattro Canti und darüber hinaus gerade wie eine Messerklinge verlief, bis zur Porta Nuova und weiter, er schaute weit über den Torbogen und die glänzende Spitze hinaus, durch die Via Calatafimi, wo sich sein Blick auf der kurvenreichen Straße nach Monreale verlor.

Er wusste nicht, was er tun, wohin er gehen sollte zu dieser Tageszeit, alle Straßen waren wie ausgestorben, so sonderbar leer. Verwirrt, wie er war, wusste er bloß, dass er nicht nach Cefalù zurück wollte, in sein Haus, wo ihn alles an die Figur der Schmerzensreichen in schwarzem Samt mit den sieben Schwertern bei den Prozessionen erinnerte, er wollte nichts mehr wissen von dieser Pein, dem Ticken des eingerasteten Pendels, der ausgetrockneten Zisterne, dem Esel mit den Scheuklappen und seinem nutzlosen Kreisen. In dieses Haus mit dem jetzt leeren Bett von Lucia. Wo der Vater tobte, drinnen im Haus, draußen auf dem Feld, und keine Ruhe fand, keinen Schlaf, getrieben vom Schmerz, von einer Strafe, wie verfolgt von einem Urteil, das jeden Augenblick drohte und nie Wirklichkeit wurde. Und Serafina, die zuerst die Rolle der Mutter übernommen, sich dann aber hingesetzt hatte, stummer geworden war jeden Tag, unbeweglich, versteinert, im Stuhl, nur die Finger bewegen den Rosenkranz, immer wieder setzen sie an und fahren pausenlos fort, wiederholen gedankenlos das gleiche Gebet.

„Von welcher Beleidigung, welchem Frevel rührt diese grausame Strafe her, dieses Unglück?", fragte sich Petro. Vielleicht, dachte er, von einer lange zurückliegenden Schuld, an die sich niemand mehr erinnert. Vielleicht kam es von seinem Familiennamen *marrano*, der Bezeichnung der konvertierten Juden aus Spanien und Sizilien, das bedeutete ein übles Erbteil, Ängste, Wehmut, Gewissensbisse im Blut. Oder vielleicht von jenem Menschen aus Judäa oder Samaria, von Samen, die umherirren im Wind bei Eroberungen Erdbeben Hungersnöten, in Arabien Byzanz Andalusien: Saliba die Urgroßmutter, die Großmutter Panissidi, Granata, die Mutter und Retterin; und es gab in diesem Gemisch, im Ferment auch noch Fazio Lombardo Valenza Provenzale ... Oder der Vater zahlte den Preis für den Übertritt aus Armut und Unterwerfung in den Stand eines Gutsbesitzers in Santa Barbara, für den Besitz, den er vom verschrobenen Don Michele der Treue und des Fleißes als Halbpächter wegen aus reiner Zuneigung geerbt hatte, von Don Michele, der den Adligen feindlich gesinnt war, vor allem dem Neffen Don Nené, der mit dem ganzen Dorf verfeindet gewesen war und im selbst gewählten Exil gelebt hatte, dort oben bei den Marano, mit seinen Büchern, in jenem stolzen Rückzugsort auf dem Lande (aber aus reiner Bosheit verhöhnten Baron Cìcio und seine Verwandten nach der Testamentseröffnung den Erben mit dem Namen Bastard).

Er ging am Krankenhaus, an der Zollstation, an der Kirche Santa Maria della Catena vorbei in Richtung Porta Carbone, den kreisförmigen Kai an der Cala entlang. Die altehrwürdige Bucht war voller kleiner heruntergekommener Boote, Kähne, Barken, einige auf dem Wasser, einige im Schlamm versunken. Ein Gestank von Auswurf und Fäulnis stieg aus dem Hafenbecken hoch.

Lange Karren voller Fässer, voller Kisten mit Zitronen oder trapezförmigen Schwefelbrocken bewegten sich langsam auf den großen Hafen zu, Handkarren und Handwagen mit Gemüse, die von Eseln aus Pantelleria gezogen wurden. Schneller rauschten die schwarzen Droschken vorbei, voller Peinlichkeiten, voller Menschen.

Vor den heruntergekommenen Häusern, vor den Hütten, vor den ebenerdigen ärmlichen Wohnungen, vor den Eingängen der Kellerräume, vor den Läden der Lumpensammler, vor den Werkstätten der Kanalräumer, der Hufschmiede, da füllten sich die Gehsteige längs der Straße bis zum Gefängnis *Ucciardone* und weiter bis zur Steigung Richtung Monte Pellegrino langsam mit den Ärmsten der Armen, den beklagenswertesten Gestalten, die er je gesehen hatte; Alte Frauen Kinder Männer Kriegsinvalide Krüppel an Pocken Erblindete und mit Blattern Übersäte, sie waren aus den Gassen der Kalsa und der Albergheria gekommen und hatten sich hier versammelt, sie waren heruntergekommen von Sant'Erasmo, von Bandita, und hier am Hafen, in der Nähe der Verladeplätze, im Hin und Her von Waren und Personen hofften sie alle, irgendetwas für sich zu ergattern. Und im grausamen Licht jener Tage, jener Stunde, in der die Welt nackt erschien, ohne jeden Schutz, ohne Schatten oder Dunstschleier, in der eindeutigen Klarheit eines jeden wie auch immer gearteten Elends verreckt die Welt an allerlei Schmutz, nicht nur Risse Flicken Pusteln Furunkeln Augendrüsenschmalz Rotz Karies erschienen mehr als abstoßend.

„Juhuu ... Hüüü! ...", schrien die Kärrner, die Kutscher, und ihre Peitschen schnalzten, kaum ließen sich diese Leute auf der Straße blicken.

... vormals Aragona – spezialisiert auf Geschäftsreisende und Famil ...

... Lys – Darstellerin in – EINE SÜNDERIN – von ...

... thé dansant – im Grand Hôtel et des ...

mit Glyzerin Phosphaten lösliche Stoffe Kerzen ...

Verarbeiteter Schwefel – auserlesen – luftig – erhab ...

... Schauspieltruppe ... auf Anfrage DIE FEINDIN

... Fregoli ... SALAMIS ... Parodie

ARYS ... betörend ... durchdringend ...

Plötzlich war Petro, er wusste nicht wie, ganz ins Innere des Hafengeländes vorgedrungen. Wo das weiße Dampfschiff *Provvidenza* angelegt hatte und der Kai voller Kutschen Autos Karren war, voller Zöllner Frächter Hafenarbeiter, voller Auswanderer mit ihren Familien, voller Verkäufer Neugieriger Bettler, voller Wachtposten und Matrosen ... Es war ein trübseliger Jahrmarkt mit Menschen die weinten schrien sich umarmten und sich nicht trennen wollten.

„Herr Lehrer, Herr Lehrer! ...", hörte Petro ein Kind rufen. Es war sein Schüler Diego Incontrera, mit der Mutter, den Geschwistern, alle im Sonntagsgewand, und dem Vater Antonio, der sich, von einem Schwager gerufen, nach Nordamerika einschiffte. Er fuhr in Gesellschaft dreier Männer aus demselben Dorf, die daneben standen mit ihren Verwandten, Papa Serio Battaglia, Leute aus dem Viertel Vascio Crucilla Pietragrossa.

„Ich lege Ihnen Diego ans Herz, Lehrer Marano", sagte Incontrera.

„Keine Sorge, zweifeln Sie nicht an ihm ... Diego ist tüchtig ...", sagte Petro. Er verabschiedete sich und rannte weg, da er nicht sehen wollte, wie sich das Schiff langsam entfernte und wie rechts und links die Leute weinten, wie sie mit den Händen winkten, mit Taschentüchern, sich noch einmal verzweifelte Worte zuriefen, die Trennung war mühsam wie der Todeskampf.

ALOGENINA – Vielseitig einsetzbares Medikament gegen ...

... ROCAMBOLE – DIE VAGABUNDEN DER SEINE

... Für Nervenleiden und Geisteskrankheiten – Villa Leto – Palermo (Mezzomonreale).

Sie hatte plötzlich aufgehört, den Fußgängerweg an der engen Hauptstraße entlang zu gehen, der von der Porta di Terra hinunterführte zum Dom. Sie behauptete, alle auf der Straße, an den Fenstern, auf den Gehsteigen, auf den Balkonen würden auf sie starren, flüstern, im Geheimen lachen, vor allem die Männer des Circolo, die unter den Lauben saßen und alles beobachteten, würden sich Gemeinheiten erzählen über die ehrbaren Frauen. War es ihre Schuld, wenn der junge Mann, der um ihre Hand angehalten hatte, der arme Sgarlata, nicht mehr aus dem Krieg zurückgekommen war? Die Niederträchtigen! Sie war unschuldig geblieben, unberührt wie die Jungfrau Maria und Allerheiligste Muttergottes. Und sie schloss sich stundenlang in ihrem Zimmer ein, saß vor dem Spiegelschrank und kämmte sich, wie verzaubert, verlor sich in ihrem eigenen verträumten Blick dort im Innern des Spiegels, bevor sie hinausging auf den Balkon. Von dort spähte sie alles aus, blass, unruhig, verblüht war ihre Schönheit, erloschen der Glanz früherer Tage, sie hielt Ausschau nach den Tagelöhnern unten in den Feldern, die eben noch gebückt mit der Hacke die Felder bearbeiteten, ob sie sich wieder aufgerichtet und umgedreht hatten, nach Janu, nach ihm vor allem, ob er nicht doch mit den Ziegen irgendwo in der Nähe vorbeikam, nach den Kalkarbeitern dort am Fuße der *Rocca*, ob sie nicht doch zu ihr und zum Haus herschauten, nach den Minen im Steinbruch, ob sie glänzten, nach der Straße, die nach Santa Barbara führte, ob nicht doch jemand heraufkam, an der Begrenzungsmauer entlang, in der Nähe der Ölpresse, bei den Lagerhallen. Irgendjemand wurde immer zufällig von irgend einem anderen geschickt. Und Petro wusste bald nicht mehr was tun, er hatte keine Worte mehr, um sie davon abzubringen, sie von diesen Qualen zu befreien, von diesen Seelenschmerzen. Bis sie eines Tages, zur Mittagsstunde, als Petro aus der Schule kam, zu allem Überfluss auch noch verzweifelt auf dem Balkon zu schreien begann und behauptete, überall hinter den Olivenbäumen den Felsen der Mauer dem Turm den Vorhängen hielten sich Männer verborgen, die sie rauben, ins Unglück stürzen, ruinieren wollten – es sind gerade die schönsten Blüten und die mit dem seltensten Duft, erblüht auf Pflaumenbäumen, zwischen Steinbrüchen, gerade die zögerlichen, die vergänglichen Blüten, die am Morgen, bei der ersten Brise, wenn das Licht erwacht, wenn die Welt sich regt, den Kopf hängen lassen und sofort verwelken.

Er brachte sie weg von Zuhause, weg vom Dorf, weg vom verseuchten Ort, er brachte sie nach Palermo, um sie abzulenken, um sie zu befreien von dieser fixen Idee, von den Schatten, vom Sog der fliegenden Fledermäuse, der sie unaufhaltsam mitriss. Von der Pension in der Via Roma fuhr er mit ihr durch die Stadt und in die Umgebung, in der Kutsche, mit der Tramway. Doch es war, als ob sie nichts sehen, die Landschaft gar nicht wahrnehmen würde, die Denkmäler, die blühende Ebene voller Gärten unter dem Belvedere von Monreale, die Mosaike, den Kreuzgang, Santa Rosalia auf dem Monte Pellegrino, die Kronen der Orangenbäume in der Nähe der *Eremiti*, in San Cataldo, die Zinnen, die Fialen der Kathedrale, die Platanen und Eichen des Parks der Favorita, den Sand und das Meer in Mondello, sie hatte die Augen immer woanders, starr in einen unsichtbaren Brunnen gerichtet. Doch sie gähnte, vielleicht ein wenig befreit von der Angst, erschöpft von den Qualen, wenn die Nacht sich senkte, dann verschwand um sie herum die Welt, die Bedrohung.

Dann geschah die Geschichte in Bàida.

An jenem Morgen war sie in Weiß gekleidet, sie hatte sich nicht lange mit dem Kämmen aufgehalten und sich dem Zauber des Spiegels nur flüchtig hingegeben, sie wirkte etwas frischer, sogar ruhiger. Von dort oben, in der Nähe des Klosters, zeigte er ihr den Monte Cuccio und unten Boccafidalco, die prächtige Ebene der Conca d'Oro, den Teppich aus Zitrusfrüchten hinter den Dunstschleiern, voller Düfte, im strahlend hellen Licht, die Stadt im Hintergrund, reich an Kuppeln, Glanz. Sie schrie plötzlich laut auf und rannte weg, sie begann zu laufen, lief den Pfad entlang, außer sich, von Entsetzen gepackt. Er holte sie ein, versuchte sie zu beruhigen.

„Sie reden mit mir, sie reden mit mir!", sagte sie und presste ihren Kopf zwischen die Hände. „Durch die Ohren, im Kopf, die Feiglinge!" und ihre düsteren Augen wirkten im blassen Gesicht noch dunkler.

Und noch mehr Schmerz und Wut empfand Petro, als der Arzt, der zuerst so respektvoll getan hatte und so höflich, der ihn zuerst mit Sie angeredet hatte, genau ab dem Punkt der Erzählung, an dem Lucia darauf beharrte, dass sie Feinde höre, Stimmen des Bösen, sicher eine Manie, dass er da überging zu Härte und ihn nun duzte, so als sei sie mit einem Mal ganz heruntergekommen und in seine Gewalt übergegangen, wo sie doch unschuldig war.

Petro verstand in diesem Augenblick, dass ihm der Boden unter den Füßen weggezogen wurde und dass er sie, die Schwester, für immer verloren hatte.

Es war der stattliche Arzt gewesen, der zur Villa Leto riet, der sie persönlich nach Mezzomonreale begleitete.

„Wenn nicht, dann gibt es das Städtische Krankenhaus in der Via Pindemonte ...", hatte er gesagt. „Aber für ein junges Fräulein, aus guter Familie ..."

Das Bild dieses einen Arms, wie er aus den Eisengittern herausragt, ging ihm nie mehr aus dem Kopf, die Hand, die ins Leere greift, dieses entsetzliche Rufen, dieses Weinen.

Er konnte noch immer nicht begreifen, warum er seine Schwester in dieser Villa zurückgelassen und diesen Nonnen übergeben hatte. Durch die Komplizenschaft mit diesem Arzt, seiner Wissenschaft, den Regeln, die diese Welt regieren, hatte er sich zum Diener der Durchsetzungsstarken, der Präpotenten gemacht, all der Starken und Selbstsicheren. Er wollte etwas tun, sich dagegen auflehnen, er wollte auf die andere Seite, die Seite der Schwachen wechseln, die Seite der Reinheit, des Wahnsinns. Und plötzlich kam er auf die Idee, alle Kleider auszuziehen, durch Palermo zu rennen, durch die Hauptstraßen voller Banken, Büros, Geschäfte, Theater, die anständigen Leute zu beschimpfen, die Wachtposten, die Priester, jeden, der im Schutz seiner Uniform, seines Berufs stand.

In den engen Gassen hinter dem Gefängnis fand er sich wieder. Wo Frauen vor den Hauseingängen standen oder an den Fenstern der Räume im Souterrain, die ihm schöne Augen machten, irgendetwas flüsterten oder trällerten, die Anspielungen machten. Eine sprach ihn ganz unverblümt an: „He, schöner Blonder", sagte sie zu ihm. Petro blieb stehen. Eigentlich stank es nach allem Möglichen in diesem Raum, nach Küche, Bett und Latrine, abgetrennt war das Zimmer nur durch Decken, die an Wäscheleinen hingen. Die Frau war nicht sehr alt, doch sie hatte Mundgeruch. Und als sie das Kleidchen, den Unterrock und alle Binden abgelegt hatte, wurde deutlich, dass sie schwanger war, schon einige Monate.

„Was ist?", fragte sie, als sie die Augen von Petro sah. „Weißt du nicht, dass es so mehr Spaß macht, dass man so mehr Lust verspürt?" und sie näherte sich, um ihn zu berühren, um ihre Arbeit zu beginnen. Petro wich zurück, auch weil er hinter der Wand aus Decken ein Geräusch gehört hatte.

„Na, versuch es doch, los!", sagte sie mit dunkler Stimme, sie ließ sich auf das Bett fallen und spreizte die Schenkel.

„Nein, nein ... ich bezahle dich trotzdem ..."

„Es ist doch nicht des Geldes wegen, Dummkopf. Ich wollte dich spüren, du bist so hübsch ..."

Petro nahm zwei Lire und legte sie auf den Nachttisch. Die Frau stand auf und schob den Riegel zurück.

„Muttersöhnchen, feiner Herr ... Geh doch, geh zu den Huren aus Marmor, zu denen, die dir in der *Pensione delle Rose* mit ihrem gespreizten Getue schön tun!" und sie schlug die Tür hinter ihm zu.

Mit noch größerem Abscheu und Widerwillen ließ Petro diese Gassen hinter sich, er beschloss sofort abzureisen und das Gepäck aus der Via Roma zu holen. Nachdem er am *Ucciardone* vorbeigekommen war, bog er in die Via della Verdura ab.

Hinter seinem Rücken, zuerst leise und dann immer lauter, hörte er Pfeifen, Glocken, Geschrei, das Schlagen von Trommeln und Topfdeckeln, es klang schrill und dröhnend, ohrenbetäubend. Aus der Via dei Cantieri kam ihm ein Strom von Menschen entgegen, sie schwenkten Tücher, Fahnen. Neugierig blieb er am Straßenrand stehen. Da erreichte ihn dieser Strom, angeführt von Gendarmen, Carabinieri zu Fuß und zu Pferd. Und dann die Reihen, aus denen sich die Stangen erhoben mit den farbigen Tüchern und den Transparenten mit Aufschriften wie FIOM, SCHIFFSWERFT, EISENWERK, ERCTA, ORETEA, WERKSTÄTTEN DUCROT, ARBEITERVEREIN VIA LUNGARINI, GRUND UND BODEN FÜR ALLE DIE IHN BEARBEITEN, NIEDER MIT DEM GROSSGRUNDBESITZ ... Noch nie hatte Petro eine Prozession wie diese gesehen. Er las zwar, er las die Tageszeitungen „L'Ora", „L'Idea" aus Cefalù und in der Kurzwarenhandlung von Miceli sogar die sozialistischen Tageszeitungen, er hörte den Reden seines Freundes Cicco Paolo zu, der war ein sanftmütiger Mann, aber ein eifriger Politisierer, er wusste vom ewigen Hunger der Tagelöhner nach Grund und Boden, von der Plage des Großgrundbesitzes, vom Brachland, das die Grundherren nicht bestellen ließen, er wusste von den Anmaßungen und der Macht der Zollpächter – alles Mafiosi –, er kannte die Geschichten der Unruhen in den Dörfern seit der Landung Garibaldis, er hatte schon von den Arbeiterstreiks, den Zusammenstößen und dem Blutbad des Jahres 1893 gehört ... von den Forderungen und den Erwartungen der Frontkämpfer und Kriegsheimkehrer, von der derzeitigen Hungersnot, dass Mehl und Brot knapp waren ... Aber es schien, als sei alles nur wie ein Echo, wie aus weiter Ferne zu ihm vorgedrungen, wie zu einem Unbeteiligten, und zwar so, als gingen ihn die Lebensumstände der Anderen nichts an, die Angelegenheiten aller, die tatsächlichen Konflikte. Er hatte plötzlich das Gefühl, bis jetzt in einer Art Netz gelebt zu haben, eingeschlossen im privaten Netz der Familie, im entsetzlichen Bezirk von Gespenstern, Delirien, Schuld, in seinem geheimen Turm aus

Schreien, Klage, oder am Ort des Trostes, wo er sich in die Lektüre von Romanen, von Gedichten flüchtete.

„Komm mit, komm ...", sagte ein Mädchen, das mit dem Demonstrationszug an ihm vorbeimarschierte, und packte ihn flüchtig an der Jacke. Petro ließ sich von der Brandung mitreißen. Er stellte sich hinter der Kolonne der Frauen auf, deren Arme wie die Glieder einer Kette ineinandergehakt waren, er lief am Rand des Zuges hinter dem Mädchen her, das ihn mitgezogen hatte. Er fühlte sich nicht wohl in seiner Haut, wie einer, der sich ohne Erlaubnis eingeschlichen hatte. Er fixierte den hellen zarten Kopf, den mit Locken bedeckten Nacken des Mädchens, das sich ab und zu umdrehte, ihn anlächelte, fast um ihn zu beruhigen und um sich seiner nochmals zu versichern. Einer, der an seiner Seite ging, versetzte ihm einen Stoß mit dem Ellbogen. „Sie passt auf dich auf!", sagte er leise zu ihm. Petro schämte sich, er wäre am liebsten weggelaufen, abgehauen.

In der Via Libertà stießen die Demonstranten auf eine weitere Gruppe, die dort wartete, es waren Bauern auf Pferden, Maultieren, in große schwarze Mäntel gehüllt, sie waren von den Bergen gekommen, aus der Umgebung von Palermo, die beiden Gruppen schlossen sich zusammen. Die Bauern trugen Schrifttafeln mit der Aufschrift PRIZZI, HOCHEBENE DER GRECI, SANCIPIRRELLO, SAN GIUSEPPE JATO, SIZILIANISCHER BAUERNBUND, GENOSSENSCHAFT MADRE TERRA, SEKTION BERNARDINO VERRO, EHRE DEM GENOSSEN ALONGI ...

Sie marschierten zusammen weiter bis zum weiten Platz des *Teatro Politeama*, wo sich alle verteilten, wo sich Schrifttafeln und Transparente durcheinandermischten. Vor dem großen Rundbogen des Theaters war das Podium aufgestellt, unter dem Viergespann aus Bronze mit den Pferden, die aus dieser Höhe zum Flug anzusetzen schienen, durch den klaren Himmel auf das Meer, die Stadtteile Acquasanta, Arenella zu, in Richtung Capo Gallo oder Romagnolo, L'Acqua dei Corsari oder Capo Zafferano. Und dann kletterten Castelli Vacirca Gargalini Maria Giudice Speranza Berti Riba Orcel auf die Tribüne, einer mit Megafon stellte sie vor. Alle sprachen vom infamen Verbrechen am Chef des Bauernbundes Alongi, das die Partei der Großgrundbesitzer angestiftet hatte, sie sprachen von den Hauptverantwortlichen und von den Mächtigen, vom Weiterbestehen der Mafia, von den Abgeordneten Orlando, Finocchiaro ... Sie sprachen von den unzähligen Toten, ermordet auf den nackten Feldern, den nicht mehr bebauten Lehen, die sie besetzen wollten und bearbeiten, von Verro Nicoletti Zangara Panepinto Rumore ... Dann forderten sie alle auf, zum Präfekten zu gehen. Deshalb gab es ein Hin und Her, die Massen der Bauern, der Arbeiter bewegten sich vorwärts wie eine Woge, der Strom wälzte sich in Richtung Via Ruggero Settimo weiter, „Völker hört die Signale" singend.

Petro wurde an den Rand des Platzes gedrängt, zum Stand der Musikkapelle, unter die dichten Palmenblätter, weit weg vom Mädchen. Er setzte sich auf die Stufen des kleinen Marmortempels und wartete bis der Menschenstrom vorübergezogen war. Dann ging er die Via Amari entlang zu seiner Pension.

Er war in den ersten Junitagen nach Palermo zurückgekommen, um sie abzuholen, der Sommer hatte gerade begonnen. Und sie war wie ausgewechselt, ruhig, teilnahmslos, fast gekränkt, wie in eine unantastbare Sphäre eingetreten, in die Abgeschiedenheit einer Klausur. Zuhause, unter dem verzehrenden Feuer der Augusttage, an den leeren Tagen, den unendlich langen, kehrten die Anzeichen ihrer Krankheit zurück, ihr Ausdruck verdüsterte sich und sie wurde bald wieder schwermütig, die Haare waren wie ausgetrocknet, das Gesicht bleich, der Blick verschleiert. Bis der Augenblick kam, der Tag, der Nachmittag, an dem die Luft zitterte, das Licht gleißend hell über allen Feldern lag, es war die Golgota-Stunde, die Stunde der Verlassenheit, der lastenden Stille, zerrissen nur vom sägenden Zirpen der Zikaden – der Tag, an dem sie aus der Obhut der Pina, die das Haus hütete, geflohen war und das Sublimat eingenommen hatte.

Nach der Hetzerei zurück zum Krankenhaus, den ersten Behandlungen, nachdem sie dort wieder aufgenommen worden war, forderte man Petro auf zu gehen, sie in Ruhe zu lassen in ihrem Bett, in ihrem Schlaf.

Und jetzt, im Turm, nachdem er geklagt, nachdem er geweint hatte, da war auch er todmüde, doch er hatte sich beruhigt. Er kniete sich auf den Boden hin, stützte die Arme auf die weiße Fläche des umgestürzten Mahlsteins, der früher zu einer Windmühle gehört hatte, und versuchte etwas in sein Heft zu schreiben – in die eingetrocknete Tinte tunkt er die Feder, in den Teer im Tintenfass, in die Poren der Lava, in das Gerinnsel des Obsidians, er verstreut Pulver auf dem Blatt, Asche, einen Hauch, und es zeigt sich das Nichts, kein Schriftzeichen findet sich, das Leben nicht beschreibbar, das Leiden unaussprechlich.

Er verließ den Turm und ging die Gasse entlang, die zu seinem Haus hinaufführte, hinauf nach Santa Barbara. Die Kutsche des Sardone holte ihn ein. Baron Cìcio, blitzblank herausgeputzt, elegant, mit einem Blumenstrauß in der Hand, streckte den Kopf aus dem Verdeck.

„Bist du das Lehrerchen, der Sohn des Bastards?"

Petro spuckte ihm ins Gesicht, bleich vor Wut, die Spucke in seinem ausgetrockneten Mund war ganz dickflüssig.

V

[DAS ZICKLEIN]

Du rufst, wer weiß aus welchem fernen, glücklichen Augenblick deines Lebens,
an dem du hängengeblieben bist ... da ...
PIRANDELLO, *Wie du mich willst*, 3. Akt,
übersetzt von Maria Sommer

Ein Pfeifen, dann ein lauter Mörserknall, der die Erde erbeben ließ, dichter Rauch stieg ins kristallklare Firmament auf, eine schwarze Wolke, darauf folgte Glockengebimmel, klingend und heiter tönte es von der Kirche zur Madonna von Odigitra, von der San-Pasquale-Kirche, von der Kirche zur Madonna von Porto Salvo, feierlich und würdevoll von der Kathedrale. Das war die Ankündigung des Festes im Morgengrauen. Janu wurde in Castelluccio aus dem Schlaf gerissen, und sofort begann Caìtu hinter der Tür zu winseln. Janu öffnete ihm, und der Hund stürzte voller Freude in die Kammer. Als es hell wurde, sah Janu das Zicklein vom Balken herunterbaumeln, er hatte es am Abend zuvor geschlachtet und bei den Sprunggelenken an die Haken gehängt.

Janu wusste, dass er am Festtag des Erlösers eine Bringschuld gegenüber den Herdenbesitzern hatte, die Pflicht, den Maranos das Geschlachtete, die Naturalien als Abgabe zu bringen. Er wusch sich am Brunnen in der Nähe des Pferchs. Die weißen und schwarzen Ziegen, Berberziegen mit den krummen Hörnern, standen wie erstarrt auf dem Grundstück voller Ziegenkötel und Jauche, auf den Felsbrocken mitten im Gehege. Janu sah von seinem Reich in diesem Frieden, in diesem sanften Morgenlicht auf die Felsenkette, dem Skelett eines riesigen Drachens ähnlich, der infolge einer lange zurückliegenden Erschütterung, eines Erdbebens Knochen für Knochen auseinander gefallen war und sich aus der Höhe bis ins Meer vorwärts gewälzt hatte, bis nach Presidiana, zur Bucht der Calura. Dann sah er über das weite Tal von Sant'Oliva, sah bis nach Santa Barbara, bis zum weißen Haus von Petro, von Lucia. Er hatte niemals aufgehört, sie gern zu haben, sie im Herzen zu behalten, obwohl die Jahre der Kindheit, der Spiele, in denen sie miteinander aufgewachsen waren, schon weit zurücklagen. Er seufzte.

Dann trug er das Zicklein hinaus, hängte es an einem Ast des Johannisbrotbaums auf. Er schärfte die Schneide des Messers am Wetzstein, ritzte das Tier um die Hufe herum und entlang der Beine auf, führte das Messer geschickt vom Hals bis hin zum Schwanz, zog nach und nach die Haut vom Fleisch, es war hell und rosa, hellblau in den Venen. Der Kopf mit den deutlich hervortretenden Augen, den gebleckten Zähnen wirkte ohne Fell nackter als alle anderen Teile, die Zunge hing heraus.

Er wusch sich noch einmal, rasierte sich gründlich, zog sich die Sonntagskleider an, das Hemd und die Barchentweste, die Leinenmütze, aus der am Nacken, an den Schläfen die krause Mähne hervorlugte, schob sich duftende Pfefferminzblätter hinters Ohr. Dann holte er die frischen wie Berberpferde, Ziegen, Tauben geformten Käselaibe und legte sie zum Zicklein in die Taschen.

Beim Haus der Marano angekommen, pfiff er auf seine leichte, unnachahmliche Art, den Ton modulierend, aber kein Tor, keine Balkontür öffnete sich. Er warf Erdklumpen gegen das Fenster, hinter dem Petro schlief. Da erschien sein alter Freund im Fenster, gab ihm mit dem Finger auf den Lippen das Zeichen, still zu sein, zu warten. Bald darauf erschien er wieder.

„Sie schlafen noch ...“

„Ich habe die Sachen gebracht ...“ und Janu zeigte auf die Doppeltaschen.

„Was?“

„Ein Zicklein und ein paar Käselaibe, schöne, schmackhafte.“

Janu holte vorsichtig die Käselaibe aus der Tasche, eingepackt in buntem Bast, die Formen waren makellos, sie waren Tieren nachgebildet.

„Ach, Janu, wir sind keine Knaben mehr ...“

„Was ändert das?“ widersprach Janu gedemütigt.

„Sie sehen gerade so aus, als ob sie aus Mandeln wären, aus Zucker ...“, fügte Petro hinzu, um ihn zu loben. Er nahm ihm die Doppeltasche ab und stellte sie hinter die Tür.

„Die Pina wird sie dann leeren.“

„Wie geht es deinem Vater?“, fragte Janu.

„Na ja ..."

„Und Serafina? ... Lucia? ..." Die Schamröte stieg Janu ins Gesicht, er senkte die Augen zu Boden.

„Soso ...", antwortete Petro, auch er hielt seinen Blick gesenkt. Er ging auf den Saumpfad zu. Janu blieb an seiner Seite. Schweigend schritten sie voran, am Turm vorbei, über die Straße, dann kletterten sie die *Rocca* hinauf, bis zu dem Platz, wo sie früher oft zusammen gewesen waren, bei der zerfallenen Kirche von San Calogero, in der Nähe der Mühlen, oberhalb von Quattroventi. Gegenüber, an der Kreuzung der Straße, die nach Gibilmanna hinaufführte, befand sich die Kapelle von Santa Dominica. Janu brach das Schweigen, er begann wie immer zu erzählen, von seiner Flucht, seiner Wanderschaft oben auf den Bergen, von seinem Aufenthalt in der Nähe der Wallfahrtskirche. Er erzählte von den Mönchen, die als Gegenleistung für das Brennholz, das er an der Klosterpforte hinterlegte, zusammen mit Pinienzapfen Kastanien Pilzen Trüffeln Hasen Wachteln, für ihn Kuchenbrot, Käse, Speck und für die Feiertage sogar Wein und Mehlspeisen hingestellt hatten. Er erzählte von seinen vielen Arbeiten, als Sammler von Manna, von Korkeichenrinde, wie er als Laufbursche den Befehlen des Aufsehers unterstand, im Gut Pianetti, das dem Advokaten Lanza aus Palermo gehörte, und dass er während der Sommermonate im selben Herrenhaus den Befehlen von Donna Ciccina, der Haushälterin, unterstellt war und auch den Anweisungen der anderen Dienerinnen zu gehorchen hatte, er bereitete das Holz für das Herdfeuer vor, für die Küche, er ging mit den Tongefäßen auf dem Maultier zum Wasser, er pflegte den Gemüsegarten, er kam, vorsichtig und misstrauisch, bei seinen Botengängen, bei der Erledigung all seiner Aufträge bis nach Gratteri, er ließ die jungen Herren zum Vergnügen auf Stuten galoppieren trotz der allgegenwärtigen Angst der Mutter, Donna Angelina, die alle eine Heilige nannten, blass im Gesicht und mit schwarzen Haaren, höflich und traurig ... Sie versteckte sich hinter einer Pinie, den Blick auf die Wallfahrtskirche gerichtet, sie betete und schlug sich auf die Brust, oft blieb sie lange Zeit stumm stehen, wie erstarrt.

„Aber du, warum bist du nicht Soldat? Warum bist du nicht auf dem

Festland, um das Vaterland zu verteidigen?", fragte sie ihn eines Tages. „Untauglich, Euer Gnaden. Ich habe ein Gebrechen, mit Respekt gesprochen ..." – er erzählte von den Schneefällen und dem Nebel im Winter, vom Zufluchtsort in der Strohhütte von Croceferro, den Nächten unter den Sternen, von den Schreien der Füchsin, des Mauswiesels, des Kuckucks, der Zwergohreule ... Und von der Einsamkeit, der Niedergeschlagenheit, der Sorge um die Familie, die er zurückgelassen hatte in Sant'Ambrogio. Vom seltenen Zusammentreffen mit Eseltreibern, Mulifrächtern, mit Hirten aus Isnello, Collesano, vom Zusammenstoß auch mit Brigantenbanden. Obwohl sie ihn wegen seiner Weigerung, der Einberufung Folge zu leisten, weil er ein Rebell war, hoch schätzten und beschützten. Vom Wagnis dann, sich im September zum Fest in Gibilmanna aus der Höhle zu wagen. Über den Platz zu gehen zwischen den Pilgern, in die Kirche einzutreten, wie bezaubert vor der Kapelle der Gran Signora zu verharren, mit dem Glanz des Goldes, des Marmors, der Engel, der Kerzen, mit dem Ornament um den silberfarbenen Heiligenschein aus Lampen, mit den Käfigen und den Kanarienvögeln, den Tontöpfen mit Basilikum ... Zu Eis erstarren, wenn man an seiner Seite, von der Menschenmenge weitergeschoben, einen Häscher sieht ...

Janu lachte, er lachte aus vollem Halse, dabei waren seine Zähne zu sehen, die eng beieinander liegenden Augen, die platte Nase, das lange schmale Gesicht glich dem einer Ziege. Petro betrachtete diesen kräftigen, diesen naturwüchsigen Freund, diesen heiteren Jugendfreund. Und während er den Geschichten lauschte, die dieser jedes Mal gleich oder ähnlich erzählte, höchstens um ein paar neue Details erweiterte, da erinnerte er sich wieder an die Zeiten, als sie noch zusammen gewesen waren, mit Lucia. An die Maulbeeren, die Janu ihnen brachte, die Baumerdbeeren, die Brustbeeren, die wilden Früchte und Beeren in Brotkörbchen aus Oleaster. Er kam von der Herde, hüpfte auf seinen krummen Beinen daher, den Hund dicht hinter sich. Serafina schickte ihn an die hundert Mal ins Dorf, um Dinge zu besorgen und zu erledigen, Lucia kommandierte ihn aus bloßer Laune herum, sie verlangte eigenartige Dinge, Früchte, die es zu dieser Jahreszeit nicht gab.

„Ich will Granatäpfel!" sagte sie stur. „Ich will Quitten, Mispeln im Winter ..."

Dann, während der Spaziergänge, der Streifzüge durch die Felder, während der Jagd in den breiten Tälern, beim Fangen der Krebse, der Frösche, der Schlangen, da versteifte sie sich, und Janu, immer ruhig, immer geduldig, musste den Esel spielen und sie auf dem Buckel tragen. Bis sie eines Tages, als sie vom höchsten Punkt der *Rocca* herabstiegen, von der Ringmauer des Kastells, und die Sonne schon im Meer versunken war, plötzlich stehen blieb und nicht mehr weitergehen wollte.

„Geh doch", sagte Petro zu ihr, „los, vorwärts! Es ist spät ..."

„Nein", sie schüttelte den Kopf, „nein!" Sie stand wie angewurzelt im Gestrüpp und schmollte. Petro, der bereits ungeduldig wurde, wollte sie am Arm weiterziehen. Plötzlich weinte sie, Tränen flossen, sie schluchzte.

„Lucia, Lucia ...", sagte Janu zärtlich zu ihr, „ich trage dich, ich trage dich ..." und er bückte sich, stellte sich auf allen vieren hin. Lucia beobachtete ihn mit Abstand, sie schien verärgert. Gehässig sah sie Petro an. Sie hörte auf zu weinen und begann weiterzugehen, allein, eiligen Schrittes.

Zu Hause, am Abend, wollte sie nicht mehr aus ihrem Zimmer kommen. Außer Atem rannte Serafina hin und her, mit Wasserwannen, Handtüchern. Am nächsten Morgen erkannte Petro an der aufgehängten Wäsche, dass seine Schwester zur Frau geworden war. Und sie hatte sich verändert, sie war ernst geworden, lebte zurückgezogen, pflegte die Freundschaften und das gemeinsame Spiel mit Freunden nicht mehr. Sie ging zum Kloster, um von den Nonnen das Sticken, Nähen und Weben zu lernen.

Janu hatte nicht weiter nachgefragt, auch später nie, warum Lucia plötzlich nicht mehr dabei war. Während sie beide, Janu und Petro, weitergemacht hatten wie bisher. Im Sommer, zu Weihnachten, an jedem schulfreien Tag.

Petro hatte alles über die Herde gelernt, wie man melkt, schert, die Wolle ausschlägt, das Lab salzt, den Käse zubereitet, den Quark dazu gibt. Er hatte jedes Mal zugesehen, wie sich die Ziegen paarten und wie die Trächtigen Junge bekamen. Und Petro für seinen Teil hatte Janu beigebracht, wie man eine Unterschrift macht, wie man rechnet. Zusammen wurden sie langsam erwachsen. Janu war ihm weit voraus, er war um einige Jahre älter als Petro. Deshalb half er ihm, dort bei der Herde, es einmal mit einer Ziege zu tun.

„Ich halte sie", sagte er, „ich schau sicher nicht zu ... Besser als gar nichts, es ist doch die natürlichste Sache von der Welt ..."

Jetzt, in San Calogero, nachdem der Freund aufgehört hatte zu reden und es still geworden war, da dachte Petro an den Tag als Janu, kurz bevor er in den Bergen verschwunden war, ihm stotternd und aufgeregt gestanden hatte, dass er Lucia nicht mehr vergessen könne, dass er um ihre Hand anhalten wolle.

„Meinetwegen ...", hatte Petro gesagt.

Und als Janu nach Castelluccio zurückgekommen war mit dem Freistellungsbescheid vom Militär, schickte er Pina als Botschafterin, doch Lucia war entrüstet.

„Was für eine Vertraulichkeit! Was erlaubt der sich eigentlich? Ein Laufbursche, einer der mit den Tieren in der Herde aufgewachsen ist ..." Sie stand vom Tisch auf und schloss sich in ihrem Zimmer ein.

Dieser gutmütige, ehrliche Mensch, er hätte der Schwester vielleicht Frieden gebracht, dachte Petro, ihr Leben wäre anders verlaufen, und er hatte Mitleid, Mitleid mit ihm, mit Lucia, und er wurde wütend, denn wozu nur die unsinnige Kluft, die sich zwischen den beiden aufgetan hatte, wozu der Strom, der das Leben der beiden auseinander gerissen, die Schicksale, die Wege beider voneinander getrennt, der sie einander entfremdet hatte. Petro verstand nicht, warum dies alles so hatte kommen müssen, wer den Urteilsspruch gefällt hatte. Er hätte am liebsten diese Gegenwart ausgelöscht, die Zeit zurückgedreht, er wäre am liebsten zurückgekehrt in die Vergangenheit, an den Ort, von dem er glaubte, es habe dort weder Regeln und Gewohnheiten noch Zwänge und Härte gegeben. So ähnlich wie dieses eine Mal, als sie beim Schein einer Laterne die Figuren in den unterirdischen Gewölben des verfallenen Tempels der *Rocca* entdeckt hatten.

Daher dringen wir langsam, schrittweise in ungewohnte Regionen vor (wir vergaßen die Stunde, den Ort des Übertritts, die Beschaffenheit, die Erscheinung eines jeden Anderen, wir vergaßen uns oben auf der Erde, auf der anderen Seite der Mauer, an der Grenze tranken wir aus dem Strom des Vergessens).

Jetzt, in diesem neuen Licht – des Lichts beraubt oder mit umgekippter Lampe, wenn der Spiegel geborsten, die Oberfläche beschädigt ist, in unendlicher Tiefe, im Abgrund –, in neuen Welten oder in vergangenen, an unbekannten Orten haben wir unsere Behausung. Oh unbekannte Formen, unbestimmte Figuren, Fieber, Zerstreutheit, wir sehnen uns nach verlorenen Orten der Zuflucht, nach der Quelle, wo der Sperling seinen Durst stillt, die Wachtel, nach der längst vergangenen Epoche, nach unvordenklichen Zeiten.

In dieser Sphäre der Unsicherheit, in diesem schwachen Licht, im stillen Funkeln dieses Goldes, gibt es da noch ein deutliches Sprechen, ist da Ordnung noch möglich, Erzählung? Kann man da über die Vorzeichen sprechen, über die Farben, über die Zeiten der Finsternis und der Helle, über die Klumpen und die Schichten, über die undeutlichen Erscheinungen, über die Formen, die ellipsenförmig oszillieren, sich in der Ferne abheben, zucken, verschwinden? Und dennoch in verstümmelten Sätzen, unvollständigen Worten, durch Zeichen, Andeutungen und mit heiserer Stimme versuchen wir diesen Traum, diese Gemütsbewegung wiederzugeben, wie widersprüchlich diese Darstellung auch immer sein mag. Es kommt und steht ein leuchtender Bote über uns, ein Schwert, ein Engel, dessen Helle uns blendet. Aus welchem Himmel kommt er herab, aus welchem Paradies? Oder aus welchem Abgrund steigt er wieder übermächtig auf? Er ist es, der in sich versunken, selbstvergessen und unbeweglich jedes andere Ereignis vorhersagt, der Rätsel aufgibt, Geheimnisse ausspricht, hinweist auf die Wunder, sich hinstellt und damit ein Zeichen setzt, als Symbol und Vorbote eines jeden anderen Schreckens.

Es entsteigt der Schriftgelehrte den ruhigen Meeresgründen, den stillen Weiten, den Ocker-, den Rosa- und Brauntönen, den Schichten über Schichten, den Flecken, leicht getüncht, den Stellen wo das feine Blau oder das Violett eines uralten Leichentuchs hervorschimmert, in eine weiße Tunika gehüllt, jungfräulich wie seine Stirn oder wie das Buch, das er auf den Knien hält. Dann das Abendrot, der Abend. Hellblaue und braune Nacht, zinnoberrot und gelb. Mit Schatten, die sich wie Netze spannen, mit Nebel, einem Wirbelsturm von Schmutz. Es ist dies die Stunde der Niedergeschlagenheit, der Trägheit, der Verwirrung, der hoffnungslosen Wehmut, die Stunde der makellosen Formen, der unerbittlichen Messgeräte, Kugel Kompass Sanduhr Waage ... (der Mond bringt Schimmel mit sich, Blüten aus Salpeter ...) die Stunde des weißen Lichts, des schwarzen Lichts, ungewiss und unendlich. Dahinter sind die trüben Himmel und die versteinerten Zweige der Bäume, die dunklen Eingänge der Höhlen, der leeren Aufenthaltsorte, des Fluges der Fledermäuse, dort ist der Gesang der Eule. Auf der anderen Seite sind die Ruinen.

Was du nicht aufzehrst, du gefräßige Zeit. Was du nicht aufzehrst ... Was du nicht aufzeh ...

Aber in einer Zeit der Nachsicht vor einem wohlmeinenden Hintergrund sind es danebenstehende Figuren – sie senkt das Haupt oder wendet sich woanders hin – nahe oder abgehoben. Eine Opfergabe wird ausgetauscht zwischen ihnen, ein Gelöbnis voller Zärtlichkeit, voller Wohlgeruch, eine Schale voller Blüten, voller Früchte, ein Gefäß voller Licht auf dem Schemel, oder in noch greifbarerer Nähe, jenseits eines jeden Blicks und jenseits eines jeden Wortes, vom brennenden Wunsch zu schenken beseelt, eine winzige Schale auf der Handfläche, was für zerbrechliche Geschöpfe, wie unsicher, stumm, festgefahren in jeder Geste, was für eine Sonne am Abend. Wir sind ein verborgenes Auf und Ab von Leidenschaften, ein unterdrücktes Weinen. Wir versuchen, schmalen Pfaden folgend, über den Abgrund zu gelangen, die Leere, das Nichts hinter uns zu lassen, das sich unter unseren Füßen aufgetan hat. Wir versuchen am Abend – noch sind wir ruhig, haben die Waffen gestreckt, im weichen Schoß von Cumae, Lilybaeum ausgestreckt –, den Dialog aufleben zu lassen, das Gespräch, es ist uns heilig wegen der seltenen Wärme, wegen der Lichtsamen, des Blütenstaubs, der Leuchtkäfer, die über Äste, Blätter verstreut sind, wegen des Himmels, der über uns dunkel wird.

Oh in dieser selbstvergessenen Stille, in dieser kühlen Abendluft, die uns erzittern lässt, möchte ich eure Stimmen hören, euren Tonfall.

Was du nicht aufzehrst ...

Und wieder breiten sich Ruinen vor uns aus, Marktplätze und Wohnstätten, Kampfplätze und Theater, Läden und Straßen. Hier steigen wir langsam ins Dunkel hinab, in diese frostigen Orte, die gerade ausgegraben wurden. Es tauchen Bruchstücke auf, Splitter, zwischen den Fingern zerfallen die Bücher zu einem Haufen Asche, zu Staub, dein Poem ist verloren gegangen, und zwar für immer, deine Freude, deine Drangsal ... Wie sich unser Atem im Nichts, im tonlosen Äther verliert und stirbt. Jetzt kehrt die Welt aus der Tiefe zurück, aus versunkenen Zisternen, aus unterirdischen Räumen und Stollen, in Gestalt schwereloser Figuren kehrt sie auf Mauern zurück, die aufgequollen sind, ausgewaschene Mauern, zwischen den Schleiern und den Kratzgeräuschen aus längst vergangenen Zeiten. Der sterbende Adonis, die reine, unschuldige Muse, die üppige Göttin Fortuna, es erzittern die weißen, die gelben Gipsfiguren, die giftgrünen, die hellblauen und die begrabenen roten ... Die Lyra und die Maske, die Obstschale, die Trauben und die Ähren deuten flüchtig darauf hin, verraten, flüstern schamhafte Sätze.

Und du, und wir, wer sind wir? Wir sind Figuren, die auftauchen oder verschwinden, Herzklopfen, nicht entzifferte Kratzspuren. Wort, Flüstern, Geste, Schritt in der Stille.

Sie hörten die Bachtrompeten, die Tschinellen, die Posaunen, die große Trommel der Musikkapelle, die in den ersten Morgenstunden durch alle Straßen marschierte, über jeden noch so kleinen Platz. Und wieder Böller und das Konzert aller Glocken. Inzwischen kamen Bauern und Jahrmarktbesucher aus Raisigerbi, aus Torreconca, Carbonara, Sant'Elia, auf Maultieren und Karren, man trug auffällige Kleidung, Seidenstoffe, Samt.

„Gehst du zum Fest?", fragte Petro.

„Na klar", antwortete Janu und lachte, „es kommt der ganze Rattenschwanz meiner Verwandten."

„Komm die Taschen abholen."

Vor dem Haus angekommen, wo noch jede Balkontür verschlossen war, sahen sie das Zicklein und die Käseformen rundherum auf dem Boden verstreut, schmutzig, voller Fliegen, Wespen, Ameisen.

Petro bedeckte sein Gesicht mit den Händen.

„Sie ist verrückt, sie ist verrückt ..."

Janu strich flüchtig mit der Hand über Petros Kopf. Petro schaute ihn an.

„Keiner von uns beiden kann sie mehr erreichen."

VI

[DIE HITZE]

Siziliens Ufersumpf, ihr stillen flachen Teiche,
Um die ich heißen Sinns im Neide der Sonne schleiche
Als stiller Räuber in dem Blumenflor, ERZÄHLT
MALLARMÉ, *Nachmittag eines Fauns,* übersetzt von Carl Fischer

Nachdem die Eltern und die Geschwister abgereist waren, blieb Janu allein im Stall bei der Herde zurück, gleichgültig und teilnahmslos. „Was hast du denn, bist du krank?" hatte ihn die Mutter während der Prozession gefragt, als sie am Ostèrio Magno vorbeikamen.

„Nichts, ich habe nichts!"

Und die Unglückliche zog ihre Kapuze noch tiefer ins Gesicht, tief betrübt presste sie die Lippen zusammen.

Janu lag auf dem Strohsack, die Augen auf die Balken gerichtet, auf das vom Rauch geschwärzte Schilfrohr, durch das Lichtstrahlen hereinbrachen, er nahm die Flasche und schüttete den alten, säuerlichen Wein in sich hinein, der schon lange in der Nische gestanden hatte, zwischen Kelle Gewichten Weidenkörben, zurückgelassen von der Gesellschaft, die eines Morgens hier heraufgekommen war aus dem Dorf, um bei einer Landpartie frischen Quark zu essen. Da er vorher weder gegessen noch getrunken hatte, spürte er, wie sich langsam seine Eingeweide krümmten, wie seine Gedanken sich verdüsterten.

Er ging ins Freie und setzte sich unter die Eiche, um frische Luft zu schnappen, er kaute an einem harten Stück Brot und einem Stück Ziegenkäse, um den Wein besser zu verkraften. Caìtu, der nicht von seiner Seite wich, beobachtete ihn angespannt mit aufgerichteten Ohren, er wedelte mit dem Schwanz.

Janu schaute talwärts und betrachtete diese ganze weite Welt, die ruhig daliegende Schöpfung, wie sie von der Sonne beschienen wurde, die unwegsame *Rocca* aus weißem und rosarotem Gestein, grün wegen der Kakteen Gummibäume Wolfsmilchgewächse Ginsterbüsche, mit der *tonnara* ganz unten und dem Leuchtturm, mit den Rissen in den Wänden der Höhlen, der unterirdischen Gänge im Innern des Felsmassivs, mit den uralten Mauern, die am Rande des Abgrunds wie eine Krone um die *Rocca* herumführten, und der Himmel war wie erstarrt, das Meer voller Glanz, voller Leben.

An diesem Tag war wegen des Festes alles so heiter, so unverbindlich, so fröhlich, wie ein Widerspruch kam ihm deshalb so ein Tag vor, er passte gar nicht zu der Bürde, die auf ihm lastete, zu seinem Leiden, das trotz des Weines an ihm nagte.

Er hörte nicht auf, an sie zu denken, die Unglückliche, inzwischen war sie für immer aus seinem Blickfeld entschwunden und doch war sie immer noch am Leben, hinter Mauern und ohne Licht, ohne Lebensinhalt und allein, sie führte Selbstgespräche, über sich, ganz für sich allein, ohne dass es für sie eine Heilung gegeben hätte.

„Oh Lucia, Lucia ...“

Ihn packte die Wut.

Wie von einer Schlange gebissen, vom Gift eines Stechapfels im Blut angetrieben, rannte er schnell wie eine Ziege den Berg hinunter, wo sich seine Herde aufhielt, in Richtung Testardita, Ferla, bis zum Felsvorsprung, bis zu den spitz ansteigenden Felsen, dem quadratischen Turm in der Mitte, bis zu den Klippen, bis zum Meer der Calura.

Er hielt unter einem kühlen Felsvorsprung inne, der Felsen glich einer grünen Wand in der muschelförmigen Bucht, deren schneeweißer Kiesstrand sanft bis zum Meer hin abfiel. Das Meer war Indigoblau und an der Oberfläche rötlich schimmernd, ruhig und glänzend wie die Glasfenster des Doms bei Sonnenuntergang.

Rücklings ließ er sich in den Sand fallen, die Arme ausgestreckt, er wollte die Sonne in sich eindringen, den Schweiß eintrocknen lassen nach dieser Hast.

Zuerst keuchte er laut, erst nach und nach atmete er ruhiger. In dieser blassen Nachmittagssonne hatte er plötzlich Lust sich auszuziehen, sich im Meer zu erfrischen. Er nahm drei Steinchen und warf sie ins Wasser, dann bekreuzigte er sich flüchtig und sprang ins Meer. Er bewegte Arme und Beine, das Plätschern war in dieser stillen Bucht deutlich zu hören, es wurde verstärkt durch das Echo, das von den steilen Felswänden dort gegenüber zurückhallte. Er erreichte einen der Felsen, die aus dem Wasser ragten, und kletterte keuchend hinauf, an einer spitzen Stelle verletzte er sich am Knöchel. Die Krebse versteckten sich im Moos der Höhlen. Erschöpft, zerstreut, so ließ Janu seinen Gedanken freien Lauf, die Hände unter dem Nacken, den Blick zum Himmel gerichtet, alles vergaß er, nur seinen Körper spürte er, seine Beine, seine Brust, seine Arme, er spürte wie gut ihm das tat, wie die Kraft wiederkehrte. Vollkommen befreit von Gedanken, Gefühlen, versank er in einen ihm unbekannten Ort, wo es keine Sorgen gab. Er fand Trost. In dieser vollkommenen Einsamkeit, in diesem Zustand angenehmer Erschöpfung vernahm er plötzlich ein leises Zischen, dann einen spitzen Schrei, schrill, der so laut wurde, dass es ihn irritierte, aufschreckte. Er hob den Kopf und schaute umher, doch er entdeckte nichts. Wohl irgendein Zugvogel, dachte er, der sich dort oben auf dem Berg unter den Zweigen versteckt hielt oder im Sarazenenturm.

Schon wollte er sich wieder auf dem Boden ausstrecken, denn das Zischen war verstummt, doch plötzlich hörte er undeutlich die Stimme eines Menschen, einer Frau. Er schaute dorthin, woher das Geräusch gekommen war, und er entdeckte an einer versteckten Stelle der Bucht, in der Schlucht, die helle Silhouette eines nackten Körpers, der auf dem Boden kauerte.

„Eiiì ... Ei ... Eiiì ...", es klang wie ein Hilferuf, doch die Silhouette blieb reglos. Janu hielt das Ganze zuerst für eine Täuschung, er hatte wohl zu viel Sonne erwischt und zu lange geschlafen, dass er so verwirrt war.

„Oh, das ist ja schlimm, was ist denn los mit mir? ...", sagte er sich.

„Eiiì ... Ei ... Eiiì ...", noch deutlicher war die Klage zu hören, die Silhouette hatte sich nun erhoben und war in ihrer Gestalt erkennbar.

Mit einem Sprung war er im Wasser, und kräftig schwimmend, den Kopf, die Brust fast ganz über der Wasserfläche, erreichte er den Strand. Er ging ein paar Schritte und stand dann vor ihr, vor dieser Frau. Ihre Haare waren gelb, sie fielen ihr lockig bis auf die Schultern, die Augen waren himmelblau wie Lazulithpulver, die Brüste noch eine Knospe, der Körper schlank, die milchfarbene

Haut vergoldet durch Sommersprossen. Nackt, ganz entblößt, stand sie da, dieser Eindruck wurde noch verstärkt durch ihre hinter dem Rücken gekreuzten Arme.

„Vièn, vièn … ", sagte sie mit süßer Stimme, mit schönem Lächeln.

Janu gehorchte, das Herz klopfte ihm bis zum Hals, er näherte sich, ein bisschen mürrisch, doch fest entschlossen. Die Sache kam ihm zu eigenartig vor, wie eine Falle, eine böse Überraschung. Er dachte auch einen Augenblick lang, dass dies eine entführte Frau sein musste, dort ausgesetzt von Seefahrern, von Sarazenen, von Piraten – wie in diesen alten Geschichten, die man sich immer noch von früher erzählte.

Jetzt drehte ihm die Frau den Rücken zu und zeigte Janu die Handgelenke, sie waren mit einem Seil zusammengeschnürt, dessen anderes Ende an einem Felsvorsprung festgemacht war. Der Bursche, stark wie er war, schaffte es mit der Kraft der Finger, der Zähne, sie zu befreien.

„Mersì, gràssie, gràssie, mon amì …", sagte sie zu ihm und rieb sich die Handgelenke. Dabei schaute sie ihn mit ihren blauen Augen an. Janu stand einfach nur da, gerührt, er wurde ganz verlegen, wusste nicht mehr, was tun, harrte so aus, mit hängenden Armen, die Augen auf den Sand geheftet. Wo er, ohne es in allen Einzelheiten zu erkennen, das Lager der Frau entdeckte, ein orangefarbenes Tuch, ihre Sachen in einem Korb und ein weißes umgekipptes Sonnenschirmchen.

Die Sonne stand hoch am Horizont, sie schien um die eigene Achse zu kreisen, sich im Rot ihrer Scheibe zu drehen, sie wurde dunkel wie eine Flamme, bevor sie unterging und im Wasser erlosch. Die Sonne trocknete den Rücken, den Nacken des Hirten, sie wärmte ihn; das Gesicht und die Brust der Frau waren in rotes Licht getaucht, sie setzte sich auf das Lager hin mit gekreuzten Beinen, um die Scham zu verbergen, dann gab sie Janu ein Zeichen, er möge sich doch an ihre Seite setzen.

Die Lippen der Frau waren weiß, ausgetrocknet von der Hitze. Sie zog eine Flasche aus dem Korb und trank mit gierigen Zügen, den Kopf nach hinten gebeugt, dabei stellte sie ihren Hals zur Schau, die Haut war hell, man sah die Venen, die Einbuchtungen der Rippen, die vorstehenden Knochen. Sie bot ihrem Befreier zu trinken an, reichte ihm die Flasche. Janu wehrte sich zuerst, nahm dann aber das Angebot an, um nicht unhöflich zu erscheinen. Als er bereits gierig trank, spürte er erst, dass es ein Likör war, ein viel zu starker. Er verschluckte sich, es schüttelte ihn, er spuckte hustend. Die Frau lachte lauthals, sie schlug sich mit den Handflächen auf die Schenkel. Janu fühlte sich gedemütigt, verletzt, er wollte weggehen. Die Frau aber hielt ihn flink an einem Fuß fest, packte ihn an der Wade.

„Eschiusé, eschiusé muà ...", sagte sie sanft, flehend, sie berührte ihn mit der Wange, mit den Haaren an der Hüfte.

„Ah ...", sagte sie dann, tief die Luft einsaugend, wie erschrocken. „Ah ... le sang, le sang! ... Ah là là! ...", die Augen weit aufgerissen, auf den Knöchel von Janu gerichtet. Der blutete immer noch, weil er sich an der Klippe verletzt hatte. Janu zog den Fuß näher zu sich heran, schlug ihn mit dem anderen Bein über Kreuz, zugleich versuchte er sich im Gleichgewicht zu halten und begann die Wunde mit der Hand zu reinigen.

„Nein, nein! ...", schrie die Frau und gebot ihm Einhalt. Dann zog sie ihn vorsichtig an der Hand und bedeutete ihm, sich wieder zu setzen.

Sie nahm ein Tuch, tränkte es mit Likör und reinigte die Wunde, vornübergeneigt, seinen Fuß auf dem Schoß. Janu wehrte sich nicht, er ließ sie gewähren, nur die Zähne biss er zusammen vor Schmerz, unter der glänzenden Gesichtshaut traten seine Backenknochen noch deutlicher hervor. Als sie dies bemerkte, entfernte sie das Tuch, blies vorsichtig und kam ihm so immer näher, leicht berührte sie dabei zuerst die Wunde, bis sie spürte, dass sich seine Muskeln entspannten und sie die Lippen auf die Wunde legen konnte. Dann säuberte sie die Wunde mit der Zunge, leckte sie ab, traktierte die Ferse, das magere Sprunggelenk des Ziegenhüters mit kleinen Bissen und leckte schließlich die ganze Wade ab, die Grube seines Knies, die Innenseite der Oberschenkel.

Janu wimmerte, er zitterte, von Schauer gepackt, auf dem Leinentuch ausgestreckt, röchelte er, drehte den Kopf nach rechts und nach links, wie von Panik erfasst. Und auf dem Höhepunkt schmerzlicher Anspannung streifte er jede Hemmung ab und gab sich blind seinem Begehren, seinem Trieb hin, begann zu handeln, er änderte seine Haltung, seine Stellung. Sie kam allen seinen Bedürfnissen und Bewegungen zuvor, streckte sich auf dem Boden aus und empfing Janu mit gespreizten Beinen. Sie winselte, klagte laut, kam der Inbrunst des Burschen entgegen, reagierte auf seine schnellen Bewegungen. Alle Muskeln seines Körpers zuckten, er krümmte sich, bis er laut und voller Begehren ejakulierte. Die Frau an seiner Seite löste sich, mit leisem Zucken.

Die Sonne war im Meer untergegangen, es hatte genau den dunklen weinroten Farbton angenommen, der sich sofort verdüstert und sich dann verflüchtigt, wenn der Himmel violett wird und die Abenddämmerung sich senkt. Eine frische Brise kam von den nahe gelegenen Hügeln und ließ die Wasserfläche erzittern. Die beiden, erschöpft und regungslos daliegend, spürten erneut das Begehren, sich näher zu kommen, sich zu umarmen, Zärtlichkeiten zu schenken und zu empfangen.

Die Frau berührte sanft mit der Handfläche, mit den Fingerbeeren jeden Knoten, jeden Nerv am Oberkörper, am Hals des Hirten, sie fuhr mit ihren Fingern durch das dichte Gestrüpp seiner Haare, sie massierte seine Haut. Janu war überrascht, noch ganz verwundert darüber, was ihm geschehen war. Das erste Mal. Und ganz eingefangen von der Sanftheit spürte und genoss er das Wesen, die Wärme, den Geruch der Frau, die anders war, nicht so herb und teilnahmslos, an ihr roch nichts nach Moder oder Wild. Endlich, so schien es, hatte er den Ort des Lebens gefunden, hatte er ihn für sich erobert, den einen Ort, von dem er sich bislang ausgeschlossen hatte, er hatte endlich zur rechten Natur zurückgefunden, den zu ihm passenden Genuss entdeckt, er war in den Raum des Vergessens hinabgeglitten, den Ort voller Leidenschaften, ganz ohne Leiden, er hatte vom süßen Brunnen getrunken, der beruhigt und das Verlangen nach jedem Körper erneuert, ganz ohne Verstellung. Er spürte, dass er jetzt ein Anderer war, wie das eine Mal, als er verstanden hatte, wie einsam er auf dem Land lebte, wie ausgeliefert, schutzlos, als er sich selbst Befriedigung geschenkt hatte, er spürte nun, dass er sich davon entfernt hatte, er wollte alles ganz auskosten, weit weg, nicht mehr davon ablassen, dabei bleiben, damit es nie aufhören möge.

Daher wehrte er sich gegen all die Zärtlichkeiten und zwang der Frau noch einmal seinen Willen auf. Langsamer, sanfter, bewusster. Er zögerte, er bedrängte sie, sein Verlangen wurde durch Unterbrechungen noch brennender, er probierte neue Bewegungen aus, neue Verlockungen, und er kam zum Ziel seiner Begierden mit einem viel stärkeren, umfassenderen Glücksgefühl. Auch die Laute der Frau, so schien es ihm, klangen diesmal anders.

Beide tauchten sie dann in das laue Wasser ein, das Abendrot hatte sich darüber gelegt, der Leuchtturm blinkte, die Lichter in Presidiana, an der Giudecca, auf dem Capo Marchiafava funkelten. Von der Anhöhe des Doms war leise der Klang der Musik zu hören.

Erst jetzt kehrte Janu zurück in die Welt, er erinnerte sich an das Fest, das am selben Morgen für ihn so bitter begonnen hatte, an die Flucht, an die Verwandten, an den traurigen Nachmittag, an das, was ihm jetzt widerfuhr. Der Tag kam ihm lang, unendlich lang vor. Er war am Morgen aufgewacht, so wie immer, aber nun war er ein ganz Anderer geworden. Er dachte an Petro, an seine Last ... Aber genug, genug, für ihn existierte diese ganze Geschichte nicht mehr, dieses Haus in Santa Barbara, dieses Leben, früher, die Zeit, die sie zusammen verbracht hatten.

Er zog die Unbekannte näher zu sich heran, legte den Arm um sie, umarmte sie dann mit all seiner Kraft und rannte schweigend zum Lagerplatz. Die Frau lachte, versetzte ihm scherzhaft ein paar Tritte und kreischte.

Sie hielten inne, als sie plötzlich drei Personen mit einer Laterne sahen, die im Chor Litaneien murmelten, dicht hintereinander stiegen sie vom Felsvorsprung herunter, dem Pfad folgend, der sich in Richtung Bucht zwischen Steinen Bergmelisse Ruten Disteln hindurchschlängelte, ein Hund sprang um sie herum.

Sie scheinen zu gehen, singend voranzuschreiten mit rauchenden Fackeln, rote Figuren vor dem emaillierten Hintergrund der Nacht, so erreichten sie die Laderäume griechischer Schiffe oder entsprangen den Werkstätten von Centùripe Lentini Himera Camarina – nur wer als Gefangener im Steinbruch Verse des Euripides skandieren oder eine Tonvase formen konnte, der rettete sein Leben –, an der Drehscheibe sitzt der Töpfer und bewegt seine Finger in Wärme und Kälte, Feuer und Schlamm, sie stehen da mit Flöten Thyrsusstäben Tamburinen Ampullen, nackt oder mit Schleiern bedeckt, sie haben Kronen Pferdeschwänze aufgerichtete Phallussymbole, sie tanzen auf Schrägbalken von Labyrinthen, unter Himmeln aus Weinrebenblättern Trauben Efeu Myrthe – der mächtige König auf dem Sockel bringt panisches Entsetzen mit sich Angst Schändung Taumel Zerfall – das längst Vergangene kehrt nun als Wort zurück, als Bild, als Mythos, oder es wird wiedererschaffen als Lüge, als Ritus, als dekadentes Schmierentheater, als krankhafte Nachahmung.

So wechselt nun der nichts ahnende Hirtenknabe über in das Unwirkliche, den Betrug, die Maskerade, er bekommt eine Rolle zugeteilt, er wird zum Werkzeug einer rohen Zeremonie.

Alle stellten sich vor den beiden auf. Ein widerlicher Mann, mächtig, das Gesicht verlebt, einen langen Stab in der Hand, einen Turban auf dem Kopf. Eine rothaarige Frau, blass, einer Wölfin gleich, in einer zinnoberroten Tunika. Eine Gestalt mit starken Schultern, harten Gesichtszügen, mit männlichem Benehmen, aber die Haare und die Kleider waren die einer Frau. Sie leuchteten die beiden auf dem Tuch ausgestreckten Wehrlosen mit der Laterne an. Der mächtige Mann sprach zu der Unbekannten. Die erhob sich plötzlich, kniete sich vor ihm hin und küsste ihm unterwürfig die Hand. Janu bedeckte seine Scham mit den Händen, er stand ebenfalls auf, langsam, wie ertappt.

Der Anführer fixierte Janu und unterjochte ihn mit seinem Blick, er schob ihm energisch die Hände von seinem Geschlecht weg, musterte es genau und führte den beiden anderen dieses Wunder vor. Die rothaarige Frau packte sein Glied und drückte es in ihrer gierigen Hand. Janu lächelte nachsichtig.

„Du Schöner, Schöner, veri nàis ...", sagte der Mann mit einer honigsüßen Stimme. „Du gefallen sehr Dama, Cypris ... Ninette", und er zeigte auf die Blonde an der Seite von Janu. „Es gefällt your divine prick, a real satyr's tool. This sicilian Widder eintreten in unseren Schafstall ... Kommen, bitte, zu unserem Tempel, in der Villa von la Pace, in die Abbèi de Thelèm."

VII

[DAS GROSSE TIER 666]

Und ich sah ein Tier aus dem Meer steigen,
das hatte zehn Hörner und sieben Häupter,
und auf seinen Hörnern zehn Kronen
und auf seinen Häuptern lästerliche Namen
...
denn es ist die Zahl eines Menschen,
und seine Zahl ist sechshundertsechsundsechzig.
Die Offenbarung des JOHANNES, Kapitel 13

In ihrer Regel war nicht mehr als dieser einige Fürbehalt:
TU WAS DU WILT
RABELAIS, *Gargantua*, übersetzt von Gottlob Regis

Thrill with lissome lust of the light,
O man! My man!
Come careering out of the night
Of Pan! Io Pan!
Io Pan! Io Pan! Come over the sea
From Sicily and from Arcady!

Zur Musik der tönenden Leier, der klingenden Zimbeln, der schrillen Maultrommel, der dumpfen Pauke, zu den Kadenzen der ersten Strofe bewegte die Tänzerin den nackten Fuß im Zentrum des Saals, innerhalb des magischen Kreises, der Grenzen der neun Pentagramme, der Flammen, der Festungen an den Rändern des Abgrunds, in der Nähe des Altars, das Gesicht bleiweiß, zinnoberrot, zart in den weißen Schleiern, himmelblau, golden.

Im Licht der Kerzen, im Licht der Lampen leuchteten ihre Ringe, ihre Armbänder, ihre Ketten, der kahle Schädel, bei jedem Schritt wackelten ihre Brüste, ihre Eingeweide, ihre Gesäßbacken. Es tanzte die heilige Hure des Tempels zu Erice oder Agrigent und rezitierte dazu die Hymne auf Pan.

Roaming as Bacchus, with fauns and pards
And nymphs and satyrs for thy guards,
On a milk-white ass, come over the sea
To me, to me ...

Sie beugte das Knie, streckte die Arme in die Höhe, es warf ihr Haupt nach hinten die antike Gaia, die er verkörperte. Er, der Ankh-f-n-Khonsu aus Theben gewesen war, Ko Hsuan, Schüler des Lao-Tse, Alessandro VI. Borgia, Cagliostro, ein junger Mann am Galgen, der schwarze Magier Heinrich Van Dorn, Pater Ivan der Bibliothekar, ein missgebildeter Hermaphrodit, das Medium mit den verstümmelten Ohren Edward Kelley, Doktor John Dee, der Beschwörer des Apollonius aus Tyana, der große Kabbalist Eliphas Levi, er, der Gentleman aus Cambridge, Aleister MacGregor, Laird von Boleskine, Fürst Chioa Khan, Graf Vladimir Svareff, Sir Alastor de Kerval, er, das Große Wilde Tier, To Mega Thèrion 666, der Vagabund der Verwüstung, Aleister Crowley (Daktylus und Trochäus).

... come over the sea,
(Io Pan! Io Pan!)
Devil or god, to me, to me,
My man! My man!

Er erhob sich, streckte sich, er stellte sich ganz mühelos auf die Fußspitzen, drehte Pirouetten innerhalb der spiralenförmigen Flügel seiner Schleier, in den Gewitterwolken, in den wogenden Weihrauchwolken, in der Glückseligkeit, die ihn ganz erfüllte, in der übersinnlichen Beglückung der Düfte von Opium Äther Haschisch Kokain, dieser Genüsse, die Turi Armatore, der Mann aus Palermo, im drachenähnlichen Feigenbaum auf der Piazza Marina lieferte. Aber er, der Neophyt im Orden des Golden Dawn und dem Bund der Rosenkreutzer, der Frater Perdurabo, der Baphomet, der Meister des Tempels, der Magier, der vom Blitz Getroffene durch die Offenbarung in Kairo, der Bewahrer des Liber Legis, der Schutzengel in Person, der Aiwass aus Ägypten, der Seher der eigenen Zukunft, der Heilige, der stets von neuem er selbst wird zur x-ten Potenz, der Ipsissimus, der Sichtbare Anführer des Ordens, ausgesandt von den Unsichtbaren aus den Höhlen Tibets, die menschliche Verkörperung Gottes, der Avatar, der Logos des Neuen Äons, der Ära des Horus, des kommenden Gottes, auferstanden aus dem Tod eines jeden anderen Gottes, aber er fürchtete weder Gifte, Feuer noch Schwerter, er nahm alle Arten von Rauch, Gerüchen, Wirkungen der Kristalle in sich auf, um den Zustand der vollständigen Trance zu erreichen, der äußersten Ekstase, der höchsten Vision, der Vereinigung, der Identifikation mit Ihm, dem Herrscher über jede

Schändlichkeit, Lust, Freude, er, der Große Umstürzler, der Herr der Abgründe.

...

Strong as a lion and sharp as an asp
Come, O Come!
I am numb
With the lonely lust of devildom.

Mit langsamen Bewegungen entledigte er sich aller Hüllen, allen Blendwerks, er entblößte sein rosarotes Fleisch und stellte sich auf dem Boden hin wie die läufige Hündin oder die feiste Sau, die man auf dem Altar absticht.

Auf den Wink der Ersten Konkubine, der Jungfräulichen Wächterin, des Pavians von Thot, Alostrael, Babalon, der Scharlachroten Frau auf dem Thron, löste sich von der Wand mit obszönen Darstellungen, aus dem Halbdunkel des Tempels und trat in die Mitte Baron Cìcio, der Hirte Daphnis im grünen Königsmantel, mit einem Lorbeerkranz, er schlug beharrlich die Zimbeln und hüpfte umher. In der Nähe, die Zweite Konkubine, Schwester Cypris, mit Gold im Haar, mit himmelblauen Kleidern, an der Hand führte sie den abwesenden Janu, nackt, ausgezehrt, mit einem gescheckten Fellchen um die schmalen Hüften.

... O Pan! Io Pan!
Io Pan! Io Pan Pan! Pan Pan! Pan,
I am a man:
Do as thou wilt, as a great god can,
O Pan, Io Pan! ...

schrie, flehte das Tier. Und Cypris, indem sie ihn mit ihren Künsten zu erregen versuchte, schubste sie Janu dem Tier entgegen. Der Ziegenhirte blieb ungerührt. Und schüttelte den Kopf, er trug zwei mit Haaren umwickelte Hörner, er lächelte verloren.

Der Hirte Daphnis spornte ihn an, laut schlug er die Becken und redete auf Janu ein:

„Los, Januzzu, los! Dies ist wie eine Messe, eine heilige Begattung. Ach, hätte ich einen solchen Stängel wie du!"
Umsonst.

Janu verweigerte sich diesem Fleisch, das sich ihm darbot, das dort auf dem Boden zuckte. Er drehte sich um, gestikulierend, er klammerte sich an Ninette fest, an seiner Gefährtin. Sie riss sich los und rannte weg aus Angst vor dem Meister, vor der Ersten Konkubine, beide hatten Ninette zusammen mit Janu bereits bestraft, einen Tag an der Felsenbucht festgebunden. Janu folgte ihr wie ein Säugling, der sich nicht von der Milch der Mutterbrust losreißen lässt, oder wie eine Biene, die nicht vom Nektar der Blume ablässt.

... Io Pan! Io Pan Pan! Pan!
I am thy mate, I am thy man,
Goat of thy flock, I am gold, I am god,
Flesh to thy bone, flower to thy rod ...

Noch lauter deklamierte die Tänzerin auf dem Boden. Sie verharrte regungslos. Sie wartete. Jegliche Musik war abgebrochen, jeder Ton, jedes Flüstern, jeder Hauch verstummt, kaltes Schweigen hatte sich über den Saal gebreitet. Sie drehte sich auf den Rücken, schaute auf die Lampe vor sich, auf den brennenden Dornbusch, das ewige Licht auf dem Altar über der Ampulle aus Kristall, die das Öl enthielt – Olive Myrrhe Zypergras Zimtbaum –, und über der Gerte der Dolch die Kette, über dem Stab das Schwert der Kelch das Buch der Diskus die Glocke. Sie erhob sich, stützte sich auf den Ellbogen auf. Sie sah um sich herum die Wüste, die noch trostloser wirkte, weil sie das dümmliche Lächeln von Baron Cìcio wahrnahm, der erregt dabeistand. Am anderen Ende, jenseits der Barriere aus Flammen, jenseits der Rauchwände aus Weihrauch, jenseits des Halbdunkels, abgehoben von den Gemälden der Wand seiner Sixtinischen Kapelle voller Geheimnisse und Obszönitäten, da saß sie, aufrecht, steif auf dem Thron, ein blutroter Tupfen, Gold, zurückgezogen und unwirklich, sie, die Scharlachrote, die Priesterin, die Iphigenie des grausamen Tempels auf Tauris, die Hüterin des Sangral, die Kurtisane der Welt, er sah sie, den

Pavian, Leah, Babalon. An ihrer Seite, starr wie Statuen aus Schwefel, wie Salzsäulen, die anderen Thelemiten, Schwester Metonith, das Mannweib, den Wolf Jane, den Schatten auf der Leinwand, die Schauspielerin in amerikanischen Filmen, und den Bruder Genesthai, die aufknospende Blume, den Seemann Cecil, den potenziellen Heiligen, der aussah wie ein Rowdy. Die beiden Kinder auch, Hansi und Howard, Dionysos und Hermes, die träge rauchten, ausgestreckt auf Bastmatten. Der Kutscher mit dem Schnurrbart, am Ausgang immer in Habtachtstellung wie ein Hirte der toten Seelen. Er spürte, dass der Augenblick gekommen war, dieser schreckliche Moment, in dem alle Schleier von der Welt abfallen, in dem jegliche Illusion, jeder wie auch immer geartete Trug, in dem Visionen und Träumereien in die Brüche gehen, jede Laune zu Asche wird, Begeisterung, Begierde, Wirklichkeit sich ganz ohne Hüllen zeigen, in all ihrer unerträglichen Klarheit, der Kopf zur Höhle wird, das Herz kalt. Der Augenblick, in dem er in einen bodenlosen Brunnen zu stürzen schien, in dem ihn ein schwarzes Raubtier, die Schwermut, unentwegt mit den Zähnen am Hals zu packen schien, ohne jemals ganz gesättigt zu sein. In diesem Zustand besah er sich die Welt, schaute um sich und alles kam ihm verwahrlost vor, verloren. Verloren auch er mit seinen 45 Jahren, alt, schwächlich, an Schlaflosigkeit leidend, inzwischen Opfer von Zuständen der Verwirrung, von Halluzinationen. Gierig, mit fauligen Zähnen, fauligem Atem, mager und heißhungrig die Frau, Leah. Verloren mit diesem schwarzen Bock, diesem wilden Sizilianer Ninette, die Dienerin, dieses stumpfsinnige Hürchen. Und die Lesbierin kerzengerade wie ein Turm, der grausame Seemann und der impotente, geizige, lächerliche Baron aus der Provinz ... Ärmlich die Villa, ungastlich, übel riechend, ohne Latrinen, ohne Wasser, voller Wanzen, voller unerträglicher Gluthitze und Eiseskälte dieser Ort ... Und das zerronnene Kapital, die andauernden Ängste wegen des notorischen Geldmangels ... Oh, wie all dieses Theater, das er angezettelt hatte, ihm plötzlich abstoßend erschien, jämmerlich, und wie unerträglich das Leben!

Er, der Übermensch, der jede Grenze überschritten hatte, jedes Gesetz gebrochen, der Ungewagtes gewagt hatte, er, das Große Tier der Apokalypse, wie ihn bereits seine Mutter genannt hatte, der Großmeister der Ritter des Geistes, der Baumeister des Großen Werks, der auserwählte Poet, der magische Maler, der Gipfelstürmer, der bösartigste Mann, er wurde wieder Alick, der Knabe aus Leaminghton, Sohn des Bierbrauers, des hartnäckigen Quäkerpredigers, der eisigen fanatischen Frau, die ihm nie einen Kuss gab, und er flehte – Hilfe, Hilfe! – und brach in verzweifeltes Schluchzen aus.

Er weinte und seine Brust bebte, er schluchzte und sein Bauch zuckte, die Tränen hinterließen Fäden auf seinem vertrockneten Gesicht.

Nun erhob sich die Große Mutter von ihrem Thron, schritt majestätisch in die Mitte des Saals, näherte sich dem Mann auf dem Boden. Sie nahm seinen kahlen Kopf in die Hände, drückte ihn an ihre welke Brust, wiegte ihn in den Armen und flüsterte ihm Worte des Trostes zu.

„The snow, the snow ...“, flehte die Bestie.

Die Frau zog aus den Falten der Kutte eine silberne Schachtel, öffnete sie, holte eine Prise heraus, streute sie auf den Deckel und ließ ihn schnupfen. Der Mann warf sich wieder auf den Rücken, streckte sich noch einmal aus und wartete, bis sich die warme Woge seiner bemächtige, die Welle des Glücks, dass der Gott wieder von ihm Besitz ergreifen, durch seine Venen fließen und ihn das gewohnte chemische Feuer retten möge, das Erstaunen, die Euphorie, die himmlische Verzückung.

Es bezeugen die Unnennbaren die Unendlichkeit der Gestirne, die Vision eines Ortes, der alle Orte enthält, einen Punkt, der alle Punkte der Schöpfung enthält – Aleph, Drudenfuß, Narr des Tarots, Schicksal, Abwesenheit eines jeden Zwecks, Anspielung, Bildnis des Ganzen –, aber sie enthüllen nicht das Ereignis, im schrecklichen Strudel des Ewigen, der unendlichen Zeit, einer Zeit, die alle Zeiten, eines Augenblicks, der alle Augenblicke enthält. In diesem flüchtigen Moment, in dieser immensen Stase, erlebt der Mann noch einmal sein ganzes Leben, wie der am Galgen, wenn sich die Schlinge zusammenzieht, oder der unter der Guillotine, wenn er das Geräusch des Fallbeils vernimmt, den Ursprung wieder erlebt, den Lebensverlauf, den Tod, er erlebt seine Zeit und die Zeit eines jeden anderen, der mit ihm durch ein gemeinsames Schicksal verbunden ist, die Zeit, die mit ihm sich ausdehnt, vergeht, in Erstarrung endet.

Er, der Pilger der Seele, des Geistes, der Ulysses ohne Heimat, ohne Wiederkehr, der Nacheiferer des Ignatius von Loyola durchlebte jeden Aufstieg auf den Gipfel, jeden Abstieg in die Tiefe, sein ewiges Umherirren in jedem Alter und jeder Jahreszeit bis an die vier äußersten Enden der Welt, bis zu den äußersten Fernen. In den Heideländern von Warwickshire, von Surrey, von Dorf zu Dorf, unter den schwarzen Kanzeln von Plymouth Brethren. In Petersburg, in Stockholm, auf den Alpen, auf dem Mer de Glace. Der Eingang zwischen den Spiegeln des Tempels von Isis-Urania, in den hermetischen Orden des Golden Dawn. In Boleskine, auf dem Loch Ness, mit dem Dänen, dem Elsässer und der Bulldogge, um sich durch die Riten nach den Geboten von Abramelin über sich selbst zu erheben, die alchimistische Vision des Werks zu erlangen. In Paris, im Tempel des Bruders Deo Duce Comite Ferro, in den ägyptischen Messen, zwischen den Tänzen und Gebeten des „Buchs der Toten". Der schnelle Aufstieg bis zu den höchsten Graden des Externen Ordens und des Zweiten Ordens. Die Verstoßung in London aus der Krypta von Rosenkreutz, seine Wiedereinweihung, der Sieg über die Feinde, über den feigen und jähzornigen Adepten, der bei Blake abgekupfert hat, über den Diener von Madame Blavatsky, den mittelmäßigen Dichter Yeats (Frater Demon Est Deus Inversus).

Weg, weit weg, im weit entfernten Mexiko.

Im Alameda-Park von Mexiko-City, um Harpokrates, den Gott des Schweigens, anzurufen, das Ertrinken, das Verschwinden des deutlich zurückgeworfenen Bildes – auf sein Geheiß hin – im silberfarbenen Spiegelsee, die rauschhafte Umarmung in einer elenden Hütte mit der hinterhältigen Prostituierten, wie vergänglich. Der kühne Aufstieg auf den Popocatepetl, trotz seines Asthmas. In El Paso, in San Francisco, auf einem japanischen Schiff in Richtung Hawaii. In Ceylon, in den Zimtgärten von Colombo, mit Frater Iehi Aour, dem Freund Bennet, dem Bewunderer von Schiwa dem

Zerstörer, unerreichbar, mittlerweile eingehüllt in die gelbe Tunika, allein auf einem Pfad ohne Wiederkehr, der zum Kloster von Birma führt – er schwankt, er bewegt sich wie ein Blatt im Wind, ein Bogen Reispapier, ein Band, ein Banner, eine Gebetsmühle am Rande des Abgrunds, der junge Mönch hat sich zurückgezogen in die Meditation, in die Entbehrung.

Mit einem Lendenschurz bekleidet, mit einer Schüssel in der Hand in den verbotenen Schlupfwinkeln des Tempels von Madura, über schwankenden Hängebrücken die Felsenklüfte überqueren, Schluchten, Flüsse aus Schlamm, Täler, bewachsen mit Rhododendren, voller Blutegel, im Flussbett des Hindus, auf dem Baltoro-Gletscher liest er Milton, mit dem Blick auf die höchste Bergspitze, auf den Höchsten aller Berge, den K2. Geblendet vom stechenden Weiß des Gletschers, hat er doch diese unnatürlich wirkende Gegend erklommen und dort, von der Schwindel erregenden Höhe aus, die noch von niemandem bezwungen worden ist und die die Sinne verwirrt, täuscht, in der alle Bilder vervielfacht werden, da sehnt er sich nach der göttlichen Bergspitze, dem Chogo Ri. Und auch auf dem Kangchenjunga, mit den Lastenträgern, die das Weite suchen, den Gefährten, Finger wie Krallen, weit aufgerissene Augen, die aus dem Kristallgrab hervorschauen, dem Grab aus Eis und Schnee. Im Museum von Kairo mit Rose, mit Ouarda der Seherin, unwissend und berauscht, die weiterführt zur Stele 666 von Ra-Hoor-Khuit, mit ihr eine Nacht im Innern der Pyramide, in der Grabkammer des Königs. In Kairo, wo der Engel erscheint und die höchste Aufgabe, die letzte Mission offenbart, mit tiefer Stimme, mit lockendem Ton, jedes Wort diktiert, jeden Vers, jedes Gesetz des Heiligen Sibyllinischen Buches, des Buches, das jede Bibel enthält und auslöscht, Veda, den Talmud, den Koran, jedes Buch von Toth, die Stanzen von Dzyan, den Schlüssel von Salomon, Al Aziz oder Necronomicon, jedes noch nicht existierende Buch der Zukunft, unabhängig davon, ob greifbar oder nicht vorhanden, ob heilig oder verflucht.

„Nuit! Hadit! Ra-Hoor-Khuit! Sonne, Kraft und Blick, Licht, dies steht den Dienern des Sterns und der Schlange zu. Wir kümmern uns nicht um die Ausgestoßenen und Unwürdigen, sollen sie verrecken in ihrer Niedrigkeit. Weil sie nicht hören. Das Mitleid ist das Laster der Könige, es tritt die Unglücklichen und Schwachen mit Füßen, das ist das Gesetz der Starken, das ist unser Gesetz und die Freude der Welt ..."

„Nichts sei fest! Macht keinen Unterschied zwischen der einen und der anderen Sache, denn daher wird das Böse kommen! ..."

„Um mich anzubeten, nimm Wein zu dir und Rauschmittel, die ich meinem Propheten nennen werde. Berausche dich! ..."

„Es gibt kein einziges Gesetz außer dieses: Tu das was du willst ..."

„Barmherzigkeit soll es nicht geben, verflucht diejenigen, die Barmherzigkeit üben! Töte und foltere, verschone niemanden! ..."

„Verleih dir Flügel und erwecke den Glanz, der in dir verborgen liegt, komm zu mir! ..." Im Culinga Bazar von Kalkutta, beim nächtlichen Fest des Durga Puja, verfolgt und zu einem stinkenden Eingeweide herabgewürdigt, wo er tötet und nicht mehr greifbar ist. In Talifu, in Yunnan, am Roten Fluss bis hin zum Tongking, am Hafen von Hai Phong und in Shanghai.

Im Kreis der heiligen Tänze, zwischen den Äxten und dem Blut der Sidi Aissawa, der Skorpionschlucker in Marokko. In der Wüste Algeriens, jenseits von Bou Saada, zusammen mit dem Buckligen, mit Bruder Omnia Vincam, bei der Anrufung des zehnten Aethyr, bei der Heimsuchung, eingehüllt in die schwarze Tunika, geschützt durch die Kapuze, im Zentrum des in den Sand gezeichneten Dreiecks, im Zentrum des schrecklichen Choronzon – Zazas, Zazas, Nasatanada, Zazas!

„In den Tiefen des Abyssus herrscht die Abwesenheit ..."

„Mein Name ist Legion, Wissen ..."

„Ich bin der Herr der Formen, der Gott bar jeglicher Form, der Vater des Gelächters und des Höllenlärms, der Verwirrung und der Unordnung ..."

„Der Mittelpunkt ist an jedem Ort, er ist nichts anderes als Versprengung ..."

„Von mir kommen die Lepra und die Pocken, die Pest und der Krebs, die Cholera und die Fallsucht ... Von mir kommen der Hass, der Krieg, der Wahnsinn ..."

Er geht, steigt hinauf über die Stufen des Lichts, jenseits der Wächter des Universums, durch die immensen durchsichtigen Kristallkugeln, durch die Würfel, in denen die Kugeln enthalten sind, innerhalb der kreisenden Sternenbahnen, er nähert sich der Blendung, dem glühend heißen Rad, der weißen Mandel, der Pupille, die versengt, dem absoluten Dunkel ...

In Cumae, in Bacoli, in Pompej, in Herculaneum, auf dem Posillipo mit Blick auf Procida, auf Ischia, mit Schwester Virakam, der Freundin von Isadora, mit dem Transvestiten Herbert, in der Haarpracht Oscar Wilde gleich, bei der Paris-Arbeit, auf der *Lusitania,* in New York, die sodomitischen Riten in den türkischen Bädern, der magische Rückzugsort New Hampshire, mühsam war es, den schweren, übel riechenden Körper des sterbenden Gottes beiseite zu schaffen, in der dreisten, strahlenden Erwartung des zu Gebärenden, die Paarungen per vas fandum atque nefandum mit jedem Fleisch, an jedem Ort, die Visionen während der Ekstase durch Bingelkraut, Anhalonium – das Korn der Fuchs der Adler das Ei die Natter die Lotusblüte die Biene der Skarabäus der Frosch die Schlange ... die wunderbare Begegnung mit den violetten Augen, den Brüsten, die so glatt waren wie die der Liebhaberin von Salomon, die Begegnung mit Leah, der Frau mit der fleischlosen Vulva, muskulös, die, die ihn siegreich reitet.

Während der Rückkehr mit dem Schiff am Ende des Krieges die Verbindung mit Ninette, der verwirrten kleinen Witwe mit dem Sohn, sechs Mal die Stäbchen aus Asphodelus im Rückzugsort in Fontainebleau geworfen und befragt, dort wo es viele Epiphanien gab, die Befragung des Orakels, des Buchs der Veränderungen, des „Yi King". „In Marseille und Umgebung? Wasser Feuer. Auf Capri. Erde Luft. In Cefalù? Heimat von Lingam. Oui, ça va!"

Er verlangte noch einmal nach seiner Meerschaumpfeife voll mit dem Rauch des Vergessens, dort fand er nur Reste seiner Träume und der Reisen, er verbrannte im Rauch jeden Unterschied, jede Zäsur zwischen Vergangenheit und Zukunft, er erlebte das vergangene Leben noch einmal und schaute weit darüber hinaus, weit jenseits der schwarzen Baldachine, hinein in den dunklen Spiegel der Zukunft.

Er sah jeden Mann jede Frau jedes Tier jeden Körper, alles was er bereits genossen hatte und was er noch genießen wollte, jeden Ort, den er kannte und der noch zu erforschen war, jede Person, die er berührt hatte und die noch zu berühren war. Er sah die Hüter der Tradition, in der Ferne herumirrende Schatten im Elysium, er sah Pythagoras Plotin Avicenna Paracelsus Fludd Blake ... Er sah die Gefährten Maugham Rodin Schwob Duncan Fuller Montagu Reuss Conrad Katherine Mansfield Abd Al Aziz ben Mohammed Casimira Bass Maria Teresa de Miramar Fernando Pessoa Ricardo Reis Alvaro de Campos ... (Leb nie eingeschlossen in deiner Haut!) Er sah die Seligen der Kunst und des Geistes und die unendlich große Schar der Anderen, die noch nicht ahnen konnten, dass vor den Toren bereits die abscheulichen Reiter pochten, die Vorboten der Apokalypse, die gnadenlosen Seminaristen aus Georgien, die geifernden Obergefreiten aus der Romagna, die impotenten Anstreicher aus Bayern – ebenso wenig wie von der unermesslichen Heimsuchung, der Vernichtung allen Abschaums, der erwarteten Ankunft, von der glanzvollen Geburt des Kindes des Abgrunds.

„Do what thou wilt shall be the whole of the Law!", schrie er wie ein wildes Tier in die Stille des Tempels.

„Love ist the Law, love under will!", antwortete der Chor. Und wieder setzte die lärmende Musik ein.

Die Frau warf sich winselnd auf das Tier, voller Begierde, sie bekam das, was sie begehrte. Bruder Genesthai, der Abenteurer, eilte herbei, um den Wehrlosen zu stützen, den Ausgemergelten, den von all den Verweigerungen, von den Feindseligkeiten Betrogenen. Hirte Daphnis schlug wieder die Becken, sprang um die Gruppe herum, aufgeregt und geleitet von einer Eingebung begann er seinen geliebten Gabriele zu deklamieren.

„Ach, wer ruft mich? Ach, wer greift nach mir? Ein Thyrsos ich,
ein Thyrsos mit Laubwerk als Mähne,
geschüttelt von einer blindwütigen Kraft.

Ich führe ein ausschweifendes Leben
zerraufe mir das Haar, ich entblöße meine Füße, entkleide mich
Reiß mich mit, hinauf zu den Wolken oder hinab in den Abgrund!
Sei du Gott, sei du ein Ungeheuer, ich bin bereit.
Zentaur, ich bin deine blonde Stute.
Mach mich trächtig von dir. Ich schäume, ich wiehere ..."

„Iihh ... Iihh ...", gab er mit bebenden Nasenflügeln von sich. Er warf die Zimbeln auf den Boden, den Königsmantel, den Kranz und tauchte in die Menge ein, auf allen vieren winselte er um den Haufen herum, der zu einem Knäuel aus Gliedern geworden war. Nur langsam löste sich das Gewirr, alle sanken zu Boden, erschöpft und keuchend, nach Klagen, Geschrei, Gepolter. Außer sie, der Pavian, die Messdienerin, die große Zeremonienmeisterin, die energisch aufsprang, in einem Schlupfwinkel verschwand, und schnell, ein Linnen um den Hals, mit Wasser in der Wanne wieder kam, mit dem sie das Tier bespritzte und abtrocknete. Das Tier verbarg sich alsbald ganz in seiner schwarzen Hülle, in der Seidentunika mit den goldenen Sternen und wurde, so wie Antigone es mit dem blinden Vater in Kolchis gemacht hatte, von ihr hingeführt zum Altar des Mysteriums. Dort, nach dem Gongschlag, nachdem das Tier durch die Einnahme weiterer Essenzen das Stadium der Verzückung erreicht hatte, zelebrierte er die gnostische Messe, die unsägliche Zeremonie. Doch mittendrin, als der Hahn geopfert wurde, als die Ausspeisung mit den Broten aus Licht an der Reihe war, trat Hermes, Ninettes Sohn, aus der Tür heraus, kam näher, hinter ihm sein Freund, Dionysos, er trug ein weißes Bündel, den regungslosen Körper, das Köpfchen des Säuglings, der kleinen Poupée, in der herabhängenden Haube.

„Poupée est morte, Poupée est morte ...", sang er eintönig vor sich hin.

Leah, die Mutter, stieß einen gellenden Schrei aus, der Vater, Priester Aleister, gab leise Töne der Klage von sich.

Im Tempel, in der ganzen Abtei war es ein einziger Aufruhr. Alle stürzten ins Freie, es war ein Wettlauf in der Nacht, in der Kutsche des Sardone zum Krankenhaus.

VIII

[DIE FRAUEN]

... ein Land, darin Weizen, Gerste, Weinstöcke, Feigenbäume und
Granatäpfel wachsen, ein Land, darin es Ölbäume und Honig gibt ...
Deuteronomium, übersetzt von Martin Luther

... oder sie übernahm auch noch all die anderen sehr harten Arbeiten,
die in jenen Gegenden als minderwertig galten,
zu niedrig für die Bestimmung eines Mannes.
VERGA, *Nedda*

Es war die Zeit der *Abgeschiedenheit*, der Ruhe, ein heiterer November, von Allerheiligen bis weit über Martini hinaus – die langen mondlosen Nächte, das Meer von Fackeln übersät, Lampen – es war die Zeit des Rauchs, der Ackerschachtelhalme, der Ölpressung, des rauchenden Dungs, der Moosflechten, der Bovisten, der Schnecken, die Zeit der reifen Felder, die Spargel Borretsch Zichorie schenken. Es war die duftende Zeit des Mosts und der Oliven.

Nachdem jeder Vieh- und Krämermarkt zu Ende war, jeder Markt für Hacken Kupferwaren Körbe Saatgut junge Olivenbäumchen, die Kelterwannen inzwischen ebenfalls verriegelt waren, da begann die arbeitsreiche Zeit der Ölpressen.

In den Mulden auf den Hangterrassen und auf den Feldern, wo die Olivenbäume in Quincunxstellung, in einer Art Quadrat in Gegenordnung zum Essigbaum Mandelbaum Johannisbrotbaum stehen und sich mit ihnen abwechseln, da sammelten die Frauen die violetten Früchte, die prall oder schon vertrocknet durch Wind oder Überreife vom Baum abgefallen waren, während die Männer mit dem langen Stock oder auf den Leitern stehend das Werk vollendeten, die Früchte in die Weidenkörbe legten, in die Karaffen mit der Salzlake.

Sie kamen aus der Umgebung, aus Botta Matassa Spinito Pietragrossa, mit Maultieren und Eseln, die vollbeladen waren mit Säcken, mit großen tropfenden Körben. Sie luden Säcke und Körbe ab, banden die Tiere an den Ringen in der Mauer fest und warteten rauchend bis sie an der Reihe waren.

Petro verließ im Morgengrauen das Haus, um dem Vater zu helfen, bevor er in die Schule ging. Er machte die Buchhaltung, registrierte die Lieferungen, die Mengen die Rotteln, die Halbzentner voller Oliven, er notierte sich, wie lange die Oliven unter dem Mühlstein gepresst wurden, die Menge der gefüllten Körbe, die

Ölmengen nach dem ersten und den folgenden Pressgängen, er führte Buch über die Anzahl Zinkbehälter für die vier unterschiedlichen Qualitäten von Öl, das waren das reine Olivenöl, das Öl aus der Paste frischer Oliven, das Öl mit den Pressrückständen und das von minderer Qualität, das *olio rinozzolo*, über die Anzahl der vollen Ziegenlederschläuche, die Menge des *olio d'inferno*, das die Händler für Seifen und Lampen verwendeten – als sich der Regenbogen von Hügel zu Hügel gespannt hatte nach dem Sturm und nachdem die Sonne langsam wieder durch die Wolken drang, war das Grün im Regenbogen die stärkste aller Farben, unfehlbares Vorzeichen für dieses erntereiche Jahr gewesen, die Zweige bogen sich unter der Last der Oliven.

Es war wegen der Säcke, weshalb Petro eines morgens Janu vor sich stehen sah, im Gedränge der Ölmühle, die von einem Maultier an der Stange gedreht wurde, mitten unter den schreienden Bauern, den dreckverschmierten Trägern, die die Säcke wie Kapuzen auf dem Kopf trugen und in der Nähe der Mühle, der Ölpresse, wo das Licht brannte, bei der Grube herumwerkelten, mit dem Vater, der das Öl kostete, um den Säuregrad zu bestimmen.

Der Ziegenhirte Janu war gekommen, um seine Säcke zu verkaufen, er gab stolz an, sie seien trocken, gut vernäht und ohne jeglichen Modergeruch.

Er hatte nach all den Monaten, seit er verschwunden war, eine ganz neue Art zu reden und sich zu benehmen. Und er war sehr hager geworden im Gesicht, blass, er wirkte durch und durch abgezehrt, mit ausweichendem Blick.

„Was ist passiert, dass du aus deiner Höhle herausgekommen bist?", fragte ihn Petro.

„Nichts ... wenn man die Säcke macht, hat man sie zu verkaufen ...“

„Na ja ...“

Sie machten sich gegenseitig etwas vor. Denn alle im Dorf wussten inzwischen von der Liebschaft des Burschen, dass er dort in dem eigenartigen Haus in Santa Barbara den Boden unter den Füßen verlor, verhext von den Mormonenfrauen. Und auch über

Baron Cìcio und seinen Kutscher, den Sardone, wussten alle Bescheid.

„Don Nené, der Baron ...", sagte Janu.

„Dieser Hurensohn!", unterbrach ihn Petro.

„Immerhin, er hat die Klage zurückgezogen ..."

„Ich danke dir ..."

Janu hob die Schultern.

„Was soll's, wenn es sich ergibt, spucke ich ihn wieder an!"

Janu deutete mehr schlecht als recht einen Gruß an und ging hinaus, um seinen Handel weiterzutreiben. Als Petro den Hof überquerte, um ins Dorf zu gehen, war Janu bereits verschwunden.

Petro dachte, wie schnell man sich doch ändern kann, er dachte an die Zeit, die vergeht und nichts so belässt, wie es ist. Dass nur das Unglück, das große Leid die Bewegung aufhalten, nur die Erinnerung das Herz zum Stillstand bringen kann, wie ein Sturm, der innehält, ein Erdbeben, das verharrt, eine unablässige Angst, die nagt, die austrocknet und alle Willenskraft und Freude auslöscht. Und einen ergrauen und altern lässt, während im Innern die Wunde blutet wie damals, verharrt in Ungleichzeitigkeit, in der ungeheuerlichen Disharmonie.

Eine höhere Macht nur und unendliches Mitleid würde vielleicht diesem Fluch beikommen, das schmerzhafte Gerinnsel stillen, die Qual lindern und den Lauf der Zeit menschlicher gestalten. Oder jeder, die ganze Welt sollte aufgerufen werden, sich zu verstehen, diese enorme Last gemeinsam zu tragen, sie aufzuteilen, leichter zu machen. Nicht nur der Umstand, dass er die Mutter zu früh verloren hatte, war der Ursprung für Petros Leid oder die Melancholie des Vaters, und dass er davon gezeichnet war, die Abgestumpftheit Serafinas, ihre Versteinerung, oder dass Lucia allein und stolz einen anderen Weg gewählt hatte, sondern sein Kummer schien von etwas herzurühren, das geschehen war vor seiner Geburt und der Geburt der Anderen. Betraf dies nur ihn, nur seine Familie oder jeden Menschen, jedes Haus? Hier, an diesem Ort, in dieser Gegend, in die es ihn verschlagen hatte, auf dieser Welt, wo er leben sollte, auf jeder Welt?

Nachdem er San Francesco hinter sich gelassen hatte, eilte er durch die Via Umberto, wich den Maultierfladen aus, den Hühnern, die sich dort tummelten, und den Wassertropfen, die manchmal von den Söllern tropften. Gegenüber dem Haus der Culotta, jenseits des Geländers, vor den Souterrainräumen des Palazzos von Baron Cìcio war die Piluchera zu sehen, wie sie gebückt in der Finsternis der Taverne die Kohle für ihre Morgentees anfächelte, sie zum Glimmen bringen wollte. Sie hörte wie jeden Morgen Petro Marano vorbeigehen und sie drehte sich zur Tür hin, schnell knotete sie das kleine Halstuch, zog den Morgenrock über ihren Hüften gerade. Sie lächelte ihm zu.

Petro hatte die Tränke bei der Porta di Terra und den Gasthof von Barranco, vor der Chiesa della Catena schon hinter sich gelassen, da hörte er vom blumengeschmückten Balkon an der Ecke der Straße nach San Nicola seinen Namen rufen.

„Hei, Hei, junger Mann!"

Es war das Fräulein Centinèo, eine der Schwestern des Metzgers.

„Eine Gefälligkeit ... komm, komm herauf", und sie zeigte zum Haustor.

Petro stieg schnell die steile Treppe hoch und fand sich in der Wohnung der zwei alten Jungfern wieder. Beide erwarteten ihn dort, sie standen lächelnd neben dem Tisch, eine hielt einen Krug in der Hand, nach der Art von Santo Stefano, mit gemasertem Lack. Mit ihren runden Gesichtern, voller Warzen, übersät mit Muttermalen, viel zu stark gepudert, mit einem pechschwarzen Haarknoten als Krone glichen sie dem blassen und verstörten Gesicht eines Pierrot, wie man es auf Sesselkissen findet.

„Trink ... du musst ihn einweihen", sagte die eine und reichte ihm den Krug.

„Du bist der erste Mann, der auf der Straße vorbeikam ..."

„Der erste ..."

„Ja. Wenn eine Frau trinkt, dann stinkt der Krug."

Petro trank einen Schluck Wasser, grüßte und rannte weg, denn es war schon spät geworden, er müsse zur Schule, sagte er zu den beiden.

An diesem Morgen war die Via Ruggero wie ausgestorben, in den Gassen regte sich kein Leben, ebenso wenig auf den Treppen, die durch das Dorf hinauf führten, nach Francavilla, in Richtung Falde, und auch nicht auf den Straßen, die steil hinunter führten, mit einer rautenförmigen Pflasterung, in Richtung Piazza Arena, zur Porta Pescara, nach Ossuna, zur Via Fiume, die quer zu allen anderen Straßen verlief, zu den Warenlagern, zur Waschstelle, zum Hafen. Verschlossen waren auch die Backstuben, die Fleischerläden, die Barbierläden, die Stoffläden, die Bank, der Circolo, das Gemeindeamt. Nur vor dem Krankenhaus stand ein Kriegsversehrter, Saro Alioto, der in der allgemeinen Stille mit seiner Krücke laut an die Tür schlug. Und er schrie.

„Das Bein, ich will mein Bein! ...“, rief er. An den Fenstern zeigten sich die Gesichter von Krankenpflegern.

„Geh doch, Sarino, geh weg ...“, sagte einer zu ihm.

„Zum Friedhof ... geh und bring ihm Blumen“, sagte ein anderer, laut lachend. Sie schlossen die Fensterläden wieder. Der Kriegsversehrte wurde fuchsteufelswild, er begann wieder zu klopfen, zu brüllen. Bis die Gendarmen kamen und ihn wegtrugen, mit der aufgestülpten Hose, die unterhalb der Hüfte baumelte.

Sogar die Kurzwarenhandlung des Freundes Cicco Paolo Miceli war geschlossen.

Auf dem Domplatz angekommen, stand Petro unverhofft vor einer großen Menschenmenge, die sich entlang der Mauern auf allen vier Seiten des Platzes aufgestellt hatte, alle Türen waren verschlossen, die der Cafés, des Verbandes der Frontkämpfer, Kriegsversehrten und Kriegsinvaliden ebenso wie die der Kooperative für Kriegsentschädigungen, verschlossen waren die Türen des Partito Socialista und des Partito Popolare, überall sah er Menschen, an der Straßenseite des Palazzo Legambi, wo sich die Kapelle Oratorio del Sacramento befand, beim Palazzo Maria e Pirajno und gegenüber auf der Seite des Palazzo Atanasio, wo das Priesterseminar war, der Bischofssitz, vom Polizeidistrikt bis hin zur breiten Treppe am Ende, deren drei Aufgänge wegen der Frauen mit ihren schwarzen Kleidern, Tüchern, wie sie dicht nebeneinander auf den Stufen saßen, hier und dort eine entblößte Brust, die ein Kind stillte, einer Trauerpyramide glichen – darüber befanden sich die eiserne Pforte mit Voluten, die den Faltenwurf der Schleifen einer Mitra hielten, dann das Eisengitter am Rand des Domplatzes zwischen Pfeilern, die zugleich die Sockel für die marmorweißen Statuen bildeten von Heiligen Bischöfen Päpsten Patriarchen, gehüllt in unförmige Mäntel, mit langen Bärten Mitren Tiaren, mit Büchern Pastoralbriefen Modellen von Kathedralen, die Palmfächer schlugen gegen die Bögen der Laubengänge, das Portal lag im Halbschatten, das Tor der Könige, weiter oben war die Loggia zu sehen zwischen den mächtigen quadratischen Türmen mit den Einzel- und Zweibogenfenstern im Glockengestühl, darüber die nach dem Bischof und dem Grafen von Hauteville benannten polyedrischen und pyramidenförmigen Türmchen und Giebel, dann die Wetterfahnen, die sich abhoben von dem Fels, von der runden *Rocca* mit ihren senkrechten Mauern und Zinnen am Rande des Abgrunds, von dem großen Eisenkreuz, das aus Dorngesträüp und Ginster herauswuchs, Arme und Druckstange hoben sich ab vom scheckigen, mit ziehenden Wolken übersäten Himmel.

Alle verharrten still und regungslos, wie in Wartestellung. Die Turmuhr schlug halb neun. Petro wollte gerade den Platz überqueren, verschüchtert, die Zeit drängte.

„Wohin gehst du, wohin denn?", rief ihm Miceli frotzelnd hinterdrein. Er stand dort auf dem Gehsteig und befestigte die Blenden an den Schaufensterscheiben.

„In die Schule ..."

„Weißt du denn nicht, dass heute Streik ist? Lebt ihr oben in Santa Barbara eigentlich auf dem Mond?! ..."

Petro wurde rot.

„Streik", wiederholte Miceli. „Man wartet auf die Gewerkschaftsführer, auf noch mehr Leute, für die Versammlung, für die Kundgebung ..."

Er war nur um ein paar Jahre älter als Petro und wirkte schon alt, Cicco Paolo, er war einer von denen, die schon von Leiden gezeichnet auf die Welt kommen und die das ganze Leben von Krankheiten geplagt werden.

Er war mager, seine Schultern waren missgebildet, das Gesicht bartlos, voller Falten. Nur der Blick war wach. Und sein politisches Gewissen. Er dachte über alles nach, er behalf sich mit Vergleichen, stellte alles in Frage, er ging den Problemen auf den Grund, er zog eindeutige Schlussfolgerungen, sein Urteil fiel immer klar aus. Sein Hauptinteresse galt der Geschichte, dem öffentlichen Leben, der gegenwärtigen Lage aller Menschen, weil er den Menschen und der Armut seine ganze Aufmerksamkeit schenkte. Seit ihrer Schulzeit waren sie Freunde. Als Petro am ersten Tag in die Schule gekommen war, verschlossen, schüchtern, zum Teil aus Veranlagung, zum Teil, weil er auf dem Land gelebt hatte, da hatten die Kameraden ihn gehänselt, ihn aufgezogen, ihn Werwolf genannt, denn die Krankheit des Vaters, der einem Tier ähnlich nachts umherirrte und klagte, hatte man überall mitbekommen und sie gehörte zum Dorfgeschwätz. Aber Miceli hatte, obwohl er selbst von der Natur nicht gerade begünstigt worden war, einigen Einfluss auf die anderen, und setzte sich zu Petro in die Schulbank. Niemand belästigte Petro mehr. Im Gegenteil, nachdem der Lehrer seine Aufsätze in der Klasse vorgelesen hatte, begegneten ihm alle mit Respekt.

„Ja, die Feder ... du hast die Gabe zu schreiben!", sagte ihm Cicco Paolo.

„Und du die zu sprechen."

„Ich spreche, ja, aber das, was ich sage, verflüchtigt sich wie Rauch ..."

„Du kannst denken."

„Vielleicht ... Aber sich etwas auszumalen ist besser ..."

„Ich bin oft nicht ganz bei der Sache, ich verliere mich in Träumen. Ich habe immer das Gefühl, außerhalb zu stehen, ein Fremder zu sein, auf den Mauern der *Rocca* zu laufen, abzustürzen ..."

So redeten sie als Schüler. Dann, nach dem Schulabschluss, nachdem Cicco das Geschäft seines Vaters übernommen hatte, dort an der Ecke zwischen der Via Ruggero und dem Domplatz – V. MICELI Sohn des Giovanni, ein Bazar feinster Waren, der Bücher Hefte Bleistifte Federn Tintenfässer Nadeln Fäden Knöpfe

Schleifen Spitzen Ketten Parfüms Teeservices im Angebot hatte ... –, und Petro begonnen hatte als Lehrer zu arbeiten, da redeten sie weiter. Sie redeten miteinander an Sommernachmittagen, die heiß waren, wie unter der Wüstensonne, im Schatten vor dem Laden sitzend, sie redeten an Tagen mit Nordwind, wenn alle im Haus blieben und um das Kohlenbecken herum saßen, da sprachen sie von Romanen, von Lyrik, aber Cicco Paolo sprach vor allem über das Dorf, über die Gemeinde, die Kriegsheimkehrer, über die Hungersnot, über die Teuerung, über die Landbesetzungen auf den Madonie, über die Mafia, die Banditen, über die Regierung in Rom, die Wahlen ... Er lieh Petro Zeitungen, die in Palermo gedruckt wurden, in Catania, „Diktatur des Proletariats", „Die Befreiuung", „Der sozialistische Aufbruch", „Die rote Fahne", „Vorwärts, Jugend!".

Petro konnte sich nicht begeistern für diese Blätter, diese Wortwahl, die ihm oft schwerfällig erschien, undurchsichtig, genauso wie für ihn die Gegenwart dunkel, angsteinflößend war, und all das, was ihn umgab und auf der Welt passierte, Krieg und Frieden, Armut und Prasserei, Gewalttätigkeiten und Demütigungen, Quälereien und Privilegien, Klassenkämpfe, Königsmorde, Tyrannenmorde, Revolutionen, wie die im Jahr 1917 in Russland ... Er kannte und verstand Russland, das Land, von dem Tolstoi Dostojewski Tschechow Gogol erzählten, ebenso wie Frankreich, das Land von dem Victor Hugo und Balzac erzählten, Manzonis und Vergas Italien. Diese großen Schriftsteller vermittelten das wahrhaftigste Bild von Menschen, Orten und Zeiten, mehr als die Politik, denn Petro kam es so vor, als ob die Politik die Wirklichkeit in die Ferne rücken würde, wie die Zahlen und die Figuren der Geometrie, in die Abstraktion, in das Unbestimmte. Ebenso wie sie von Schriftstellern in die Ferne gerückt wurde, denen die Wahrheit und der Respekt vor dem Leben des Einzelnen, vor den Lebensumständen der Menschen fehlte. Daher verursachte ihm der so gefeierte Gabriele geradezu Übelkeit, dieser D'Annunzio der Eitelkeiten, der Lügen, der Poet der ausgesuchten und gleißnerischen Worte. „Der größte Betrüger und Gauner Italiens hat Angst vor der Gegenwart des Abgeordneten Misiano in Fiume. Der große Despot, Päderast und dem Kokain Verfallene will durch seine schamlosen Anhänger das kraftvolle Wort des sozialistischen Abgeordneten knebeln lassen. Der große Schurke hat Angst, und Misiano, der Deserteur, er hingegen fordert ihn heraus, obwohl er weiß, dass er dem sicheren Tod entgegengeht ... Und der große Diktator, der Speichellecker der Militärkaste, hetzt seine Gefolgsleute auf ihn, die seine Laster mit ihm teilen, seine Ruchlosigkeiten, seine Diebereien und Veruntreuungen, damit sie ihn ermorden ..." Das schrieb die „Diktatur des Proletariats" in der Augustausgabe dieses Jahres.

Genauso störten ihn aber auch die hässlichen Verse, die dröhnenden Worte des sozialistischen Dichters Rapisardi.

Bauern auf Maultieren, Esel, einfaches Volk aus den Stadtteilen und Landgemeinden, alle strömten sie auf den Platz, wie Rinnsale die ins Meer münden, aus der Via Ruggero, aus der Via Mandralisca, Santa Caterina, Passafiume, der Via Candelora, sie eroberten das Zentrum des Platzes. Und gleich darauf, bewacht von den Genossen, eskortiert von den Gendarmen, erschienen die sozialistischen Anführer. Sie stiegen auf den höchsten Punkt der Treppe, bahnten sich einen Weg dort durch die Massen von Frauen.

„Maria Giudice, Sapienza, Camalò, Loncao, Crescimanno ... Die sind von der Landesleitung der Partei", erklärte Miceli. „Komm, gehen wir doch zum großen Fenster im Dachgeschoss, um zuzuhören."

„Sie wird geboren an einem taufrischen Augustmorgen, sie erhebt sich aus einem Stück Land am Meer, dort wo man die Äolischen Inseln sieht, sie breitet sich aus wie der Duft einer kleinen weißen Blume, sie wächst und wächst an jedem Ort, die Protestbewegung, sie gipfelt im heutigen Generalstreik ...", so beginnt die kleine Lehrerin Giudice aus Pavia und untermalt ihre Worte mit weit ausholenden Gesten, sie bewegt den Kopf und ihre schlanke Gestalt, in einen langen Rock und eine enge Weste gekleidet. „Die Frauen, die Frauen! Es waren die Frauen, die Pflückerinnen von Jasminblüten in der Ebene von Milazzo, sie haben als erste die Hände in den Schoß gelegt schon im Morgengrauen, sie haben die Blüten verwelken, zu Boden fallen lassen unter den Strahlen der ungezügelten Sonne, alle

Blüten, die Essenzen schenken für den Luxus in den Kristallfläschchen, für die verführerischen Parfüms der Ehefrauen, der Maitressen der Herren Großgrundbesitzer ... wie eine Sturmflut erreicht die Arbeiterbewegung die Küste, breitet sich aus über die Hügel hinauf, reißt alles mit sich, die Pflanzgärten von Orangen- und Zitronenbäumen längs des Mazzarrà-Flusses, die Wasserträgerinnen, die Arbeiterinnen in den Samenbeeten, sie greift über auf die Haselnuss-Sammlerinnen in San Pietro Montalbano Ucrìa Castanea, die Zitronenverpackerinnen von Capo d'Orlando, die Sardinen-Einsalzerinnen von Sant'Agata, die Tonträgerinnen in Santo Stefano, sie reißt in diesem November, der voller Nebel und Feuchtigkeit ist, die Olivensammlerinnen am Fuße des Nebrodi-Gebirges und der Madonie mit sich ... Die Frauen! Es sind die Witwen der fünfzigtausend Toten Siziliens aus dem letzten Krieg und die Ehefrauen von Kriegsinvaliden, Frauen, die nur schuften, mehr als die Männer, und dafür nur einen Hungerlohn kriegen ... Niedergedrückt durch die Krüge Körbe Säcke, durch die enormen Lasten, die sie balancierend auf dem Kopf tragen, Stunden um Stunden in gebückter Haltung, das Gesicht zur Erde gerichtet, um Früchte aufzulesen, Gemüse zu ernten, die Hände geschwollen von der Eiseskälte, von Geschwüren befallen durch das Salz. Aber jetzt werden die Oliven verfaulen, zum großen Schaden der Herren, auf den Zweigen und am Boden, jetzt werden sie von den Elstern gefressen, wegen dieses Streiks. Der Nahrung und Licht spendende Olivenbaum war von den Griechen einer Frau geweiht worden. Für die Nahrung und das Licht der Gerechtigkeit streiken daher die Frauen, und alle Arbeiter werden von ihnen mitgezogen im Kampf ..."

„Wie tüchtig sie ist!", rief Cicco Paolo. Petro dachte, um wie viel besser es doch für Lucia gewesen wäre, für Serafina, wenn sie nichts besessen hätten, mittellos gewesen wären, ohne Absicherung, aber fest und stark im Charakter, im Willen, sich ihrer Lage bewusst und aktiv wie diese Bäuerinnen, diese Tagelöhnerinnen mit ihrem eigenen Leben außerhalb der häuslichen vier Wände, dort auf dem Platz.

Dann sprach die sozialistische Rednerin vom Zwölfstundentag, von den zwei oder drei Lire Lohn, vom doppelten Käfig, von der

Lage der Frauen und der Lage des italienischen Südens, von den Streiks der Bauern im Oktober, von der Besetzung des Großgrundbesitzes in Caronia Novara Brolo Licodìa Eubea Aidone Bronte ... von den sieben Toten im Juli in Randazzo, die von den Gendarmen umgebracht worden waren, von den Zusammenstößen mit den nationalistischen Provokateuren, den Faschisten in Catania, von der Revolte im Mai in Ragusa, und weiter von anderen Opfern, von der vorhergehenden Revolte in Ribera, wo die Bauern den unzuverlässigen Großgrundbesitzer, einen Mächtigen aus Spanien, den Herzog von Bivona, Don Tristano de Toledo y Gutierres della Conca, einfach unter Arrest gestellt hatten ...

Beim Titel della *Conca* dachten offenbar alle an ihre Kohlepfanne zu Hause, und der ganze Platz lachte.

„Die Gesetze, die Dekrete von Visocchi und Falcioli, die Bestimmungen von Micheli, sie bleiben, weil die Bürgerlichen uns ständig betrügen, nur auf dem Papier gültig, bis das Proletariat sie aus eigener Kraft in die Tat umsetzt!"

Und alle klatschten und schrien.

Gegenüber, am Fenster des Polizeidistrikts, grinste der stellvertretende Präfekt, Cavaliere Ferraùto, er hatte die Seinen um sich geschart.

Inzwischen öffnete sich eine Balkontüre auf der Terrasse mit Aussicht auf den Platz in der Nähe der Freitreppe, und es erschien Frate Anselmo Evangelista, der Bischof, der eigentlich Sansoni hieß, mit seinem weißen Bart, er trat, gefolgt vom Domkapitel, weit nach vorne bis an die Balustrade mit den Blumentöpfen. Er beugte sich vornüber, reckte die Arme zum Himmel, sprach mit lauter Stimme.

„Töchter Gottes, Söhne, entfernt euch, kehrt um, dies hier ist ein heiliger Ort! ... Kehrt zurück zu euren Häusern, lasst euch nicht vom Hass aufhetzen, von der Anarchie anstecken, vom Bolschewismus, vertraut auf die Gerechtigkeit und die christlichen Grundsätze, vertraut auf den Heiligen Retter, die göttliche Vorsehung ..."

„Exzellenz!", schrie ihm der Advokat Sapienza zu. „Haltet Eure Predigten besser in der Kirche, vor den Nonnen, den Äbtissinnen ..."

Ganz oben auf der *Rocca*, die den Dom überragte, hinter der

Ringmauer, hinter dem Kreuz, begann man zu schießen. Es kam zu einem Riesendurcheinander, man hörte Schreie Hilferufe, die Leute schlugen Alarm, die Frauen stürzten die Freitreppe herunter, alle flohen in die Straßen, in die nahen Gassen. Auch der Bischof und die Prälaten flüchteten, sie versteckten sich in ihrem Palast. Dumpf tönten die Glocken von den Türmen.

„Mafiosi, Mörder, Feiglinge!", rief Maria Giudice hinauf, während die Genossen sie mit sich zogen und ihren Rückzug sicherten.

Wie durch ein Wunder hatte sich der Platz geleert, Stille war hereingebrochen. Auch Petro und Cicco Paolo räumten ihre Stellung am Fenster und verschanzten sich im Geschäft. Von dort beobachteten sie durch die Tür eine Brigade, die aus der Via Ruggero herausgekommen war, es waren Kriegsheimkehrer, Studenten, mit Helmen, mit Orden bestückt, mit Wehrgehängen, mit Stöcken und Gerten in der Hand, angeführt von Lillo D'Anna, Leo Di Stefano, Spinosa, Cassata, Misuraca, gefolgt von den königlichen Wachen, von den Großgrundbesitzern, von Leuten aus dem Dorf, unter ihnen Calò und Sardone, der Diener und der Kutscher von Baron Cìcio. Übermütig marschierten sie mitten auf den Platz, sangen und schwenkten die Trikolore.

„Das sind die Handlanger der Großgrundbesitzer, die Mafiosi, die Nationalisten von Cucco, Tàccari, Rizzone ...", sagte Cicco Paolo wutentbrannt. Er riss die Tür auf und ging mit Petro hinaus auf den Platz.

„So macht ihr Politik, mit den Gewehren, mit den Stöcken?!", schrie er.

Einer von ihnen kam angerannt und schlug Cicco Paolo auf den Kopf.

„Halts Maul, du Rachitiker!"

„Feigling!", gab ihm Petro zurück und bückte sich, um nach dem blutenden Freund auf dem Boden zu sehen. Auch er kassierte Schläge auf den Rücken. Die königlichen Wachen ließ alles völlig kalt, die Herumstehenden lachten.

IX

[DIE CERDA]

*Da Seine Durchlaucht Philipp II. davon überzeugt war, es gerate ihm
nicht zu Diensten, wenn der Vega weiter in Sizilien regieren würde ...
wählte er Giovanni della Cerda, Herzog von Medinaceli.*
DI BLASI, *Storia cronologica dei Viceré Luogotenenti e Presidenti
del regno di Sicilia*

*Ein Rennautomobil, dessen Wagenkästen mit großen Rohren bepackt sind,
die Schlangen mit explosivem Atem gleichen, ein heulendes Automobil, das
auf Kartätschen zu laufen scheint, ist schöner als der Sieg bei Samotrake.*
MARINETTI, *Manifest des Futurismus,* aus: Der Sturm (1912)

Bei den weiten Einschnitten, den grünen Küstenstreifen entlang, auf den zuerst sanften, danach unwegsameren Anhöhen, schließlich am Fuße des Bergmassivs, am Rande der kurvenreichen Rennstrecke, bei den großen Erhebungen, der großen Steigung, und das hier als Ganzes gesehen, Obstgärten mit Tarokko-Orangen, Süß- und Blutorangen Zedern Bitterorangen und Mandarinen, dort Felder mit kleinen und großen Artischocken, Gartenkürbissen spanischen Artischocken Disteln Brokkoli Fenchel – in der Nähe von Làscari Roccella Bonfornello, in der Nähe des Flusses, am Ort der blutigen Schlacht, dort stehen die Stufen die Sockel die Fundamente die Säulenreste des Tempels von Imera, inmitten von Kakteen, Oleander, vielleicht mit dem Meer im Hintergrund, und die Segel die Segel, und Solunt, Capo Zafferano liegen nicht weit, jenseits von Mongerbino öffnet sich der Golf von Palermo – und Kalksteinwüsten, Schluchten, Steilwände, Einsamkeit und Angst, endlich bei der buckligen Spitze, bei der höchsten Stelle, hinter dem Nebelschleier, den vergänglichen Flecken eines Schneerests, auf der gleißenden Helle im Widerschein, und ohne etwas anderes hinzuzufügen, kann jeder bemerken, dass er vor dem Monte San Calogero steht. Sogar Stefano Allegra, Sohn des Gandolfo, kann das.

Acht Kinder hatte sein Vater, er war Schuhmacher und Krämer gewesen auf allen Jahrmärkten und Festen zu Ehren der heiligen Kirchenpatrone in der Umgebung der Madonie. Die Söhne, die brachten Reichtum, Glück und Segen. Die Söhne, aber nicht die Töchter, sechs an der Zahl und fast alle schön, aber alle sechs warteten darauf, zwischen dem einen und dem anderen flüchtigen Blick, den sie auf die Straße warfen, verborgen hinter wachsgrünen Zierpflanzen und Pfefferminzbüschen, hinter tropfenden Wäschestücken, dass sich die Nachbarin mit ihrem geheimnisvollen Lächeln auf dem alten Gesicht doch früher oder später vor dem Eingang einfinden möge.

„Er bittet um die Ehre ...", würde sie dann sagen, nachdem sie es sich auf dem Stuhl bequem gemacht haben würde, und mit ihrer Erzählung beginnen, weit ausholen, von früher erzählen.

„Was für ein schlechtes Jahr, was für ein schlechter Jahrgang ... Ich erinnere mich, dass nach dem Erdbeben in Messina im 8er Jahr ..." und sie würde um den heißen Brei herumreden, die Botschaft lange unangetastet lassen, wie es die Wellen um die aus dem Meer ragenden Felsen tun.

„Der junge Aliseo, Ihr kennt ihn doch, oder? Der vom Corso Pescatori, hier, aus dem Vascio-Viertel, aus der Corte-Straße, eine ehrenwerte Familie, gute Rasse, mit starken Armen und einem noch stärkeren Willen, er bittet um die Ehre, sich mit Concetta zu treffen."

„Nie und nimmer!", war die Antwort der Mutter. „Zuerst kommt die Große dran, Addolorata. Was tu ich denn mit der, dem Quälgeist?"

Und Aliseo begnügte sich mit Addolorata. Die ganz verhärtet war und herrschsüchtig, um die fehlende Schönheit und Jugendlichkeit wettzumachen, sie wollte die Bettwäsche für die Aussteuer, und zwar zwölfteilig, und dann noch alles an Möbeln, was sich gehörte, Truhe Tisch Anrichte Bett Komode Schrank. Und der Vater, was sollte er tun? Er kaufte eine Riesenmenge Tierhäute, blieb den Kaufpreis den Metzgern aber schuldig, die mit dem Schlachtmesser in der Hand, halb lachend, halb drohend zu ihm sagten:

„Dass du es dir aber merkst, Gandolfo, wenn die Frist um ist ..."

Sie verdreifachten die Weichgruben im Feld am Ufer des Flusses, der Gestank war mörderisch, und zwischen den Mücken und den Fliegenschwärmen musste sich jeder, der sich nähern wollte, ein Büschel Melisse und Rossminze unter die Nase halten.

Nachdem alle Häute abgeschabt und im Wasser gespült waren, kam die Gerbung dran mit Gerbersumach, dann das Trocknen in der Sommersonne.

Er schlug und klopfte ununterbrochen am rohgezimmerten Tisch,

Gandolfo Allegra schnitt und nähte, und wie durch ein Wunder erblühten unter seinen Händen eine Unmenge Schuhe, die eigentlich keine Schuhe waren, sondern aussahen wie haarige Gamaschen, stiefelähnliches Schuhwerk aus Kuhleder Schweinsleder Ziegenbockleder. *Zampette* nannte man sie, ganz so, als ob die Menschen, die über die Felder der Madonie gingen, über die Weiden und durch die Wälder, nun mit Pfoten ausgestattet worden wären und nicht mit Füßen wie alle Sterblichen.

Sie waren leicht und man lief flink damit, denn sie hatten die Form eines Fischerboots, am Bug waren sie spitz und am Heck offen, die Schuhbänder, die die einzelnen Lederteile zusammenschnürten, kreuzten sich über dem Schienbein. Es war Bauernschuhwerk, und er war der Einzige von den Schuhmachern aus Polizzi, der es herzustellen vermochte, denn die anderen wollten nicht so tief sinken, sie stellten nur Schuhe mit Nägeln her, Stiefel und Stiefeletten, elegante Stadtschuhe für Männer und Frauen. Sie hatten alle ihre Werkstätten in der Via Fiume, einer neben dem anderen, im Souterrain, wie eine Bruderschaft, eine Zunft, mit einem betagten Chef, Don 'Nzolo Brucato, und Provenza Citrano Fulco Carabillò, jeder mit einer Schar von Schülern, mit Gehilfen – Filadelfio, voller Unruhe und immer so stark erregt, dass er sogar von dem eisernen Gestell zwischen den Beinen profitiert und es ganz ausgekostet hatte, er machte sich eines schönen Tages mit einer jungen Nonne des *Reclusorio delle Orfane*, des Klosters der Waisenmädchen, aus dem Staub – alle waren sie Anarchisten, Gefolgsleute des berühmten Schicchi.

„Tipp tipp tipp tipptipp tipp tapp tapp tapp tapp tapp tapp ...“ Zu jeder Stunde, winters wie sommers erfüllte dieses Konzert, das Hämmern und Schlagen der anarchistischen Schuhmacher auf die Lederstücke die Straße, die man auch Fiume pel Cefalino nannte – wegen der ausgezeichneten Quellen, wegen der himmelblauen Wasseradern, die die ganze *Rocca* herunterführten, durch unterirdische Kanäle, Rinnen im Granit, unter Felsabsätzen, Straßen, Stadthäusern, Kirchen, Bauernhäusern, Klöstern, gurgelnd, wieder hervorquellend hinein in unzählige Kanäle, der Fluss kam schließlich wie die Nymphe Aretusa in den hellen aus dem Fels gehauenen Wannen der öffentlichen Waschanlage ans Tageslicht, in der uralten Anlage der Bäder der Muslime (Gott möge Ihnen gnädig sein), und schließlich tauchten die Rinnsale unter dem zugemauerten Tor mit Spitzbogen in der Nähe des Hafens wieder auf, sie schlängelten sich in sanften Windungen ins Meer.

Paolo Schicchi kam von Collesano herunter auf dem Buckel seines Esels Chiachieppe, diesen Namen benutzte er auch für den König, Vittorio Emanuele, er wollte Don 'Nzolo und die anderen Genossen treffen. Er hatte seine soeben gedruckten Bücher dabei, „Der Bauer und die soziale Frage", „Inmitten der bürgerlichen Verderbtheit", auch Zeitungen, „Die Hacke", „Der Pickel", „Die Schwefelgrube", „Der Ätna", „Anarchische Vesper", er wetterte gegen das Königshaus der von Savoyen, gekrönte Schlangen, gegen alle Tyrannen und Peiniger, gegen Mussolini und seine feigen Faschisten, gegen deren Förderer Bonomi und Orlando, gegen den Pipi, die Volkspartei von Don Sturzo, gegen die Sozialisten, die noch im Parlament saßen. Er sprach von der propagandistischen Wirkung der Aktion, der Tat eines Einzelnen. Er sprach von Ravachol Vaillant Emilio Henry, von Gaetano Bresci, von Caserio, dem „Wohltäter", Carnots – „... Man hatte aus ihm wegen seiner Dämlichkeit einen Präsidenten gemacht; der dümmste Kandidat erschien als der allerbeste der Präsidenten. Dank Caserio entdeckte man in ihm einen Haufen Vorzüge und Tugenden ...", zitierte er lachend aus einer Schmähschrift, geschrieben im Argot, der Redeweise des gemeinen Volkes von Paris. Er erzählte von all den Genossen, die noch immer eingesperrt waren in den unterirdischen Verließen Siziliens wie in einem Grab, die in der Verbannung lebten auf Lipari Ustica Favignana Pantelleria. Er saß auf dem Schemel am Tisch und erzählte Stück um Stück sein schreckliches, heldenhaftes Leben, als wäre es Teil der Handlung des Marionettentheaters, eines *cuntu*, oder eine Szenenfolge der „Storia dei Paladini di Francia", von Don Giusto Lodico. Er begann mit seiner Kindheit, seiner Zeit im Priesterseminar, unter dem jetzigen Bischof Ruggero Blundo, erzählte von seiner Flucht und dem Wechsel ins staatliche Gymnasium, von seinem Leben als Student der Jurisprudenz zuerst in Palermo, dann an der Universität von Bologna, wo er der Anziehungskraft der schöngeistigen Literatur erlegen war und auch Vorlesungen des Carducci hörte, des Sehers der dritten *Italietta*, „des elenden Arschkriechers im Königshaus", zu dem dieser geworden war mit dem Jammerer, dem Hasenfuß Pascoli als Kameraden ... Ach, die Feigheit der gefeierten Dichterlinge, die freche Dämlichkeit des großen liederlichen, des käuflichen Aufschneiders, des Rapagnetta, des Paranoikers D'Annunzio! ... Im Gegensatz dazu lobte er die männliche Kraft, den flammenden Vers, die Parolen der Revolte gegen die „Bastarde der republikanischen Bourgeoisie", des großen Poeten Rapisardi aus Catania, Autor des „Lucifero", des „Giobbe", des „Canto dei mietitori" ... Und er rezitierte:

„Werteste Herren, feiste Helden,
Kommet doch her zu uns, da wo wir mähen:
lasset uns den Springtanz tanzen, den Ringeltanz und unversehens ...
werden wir Köpfe, die Euren, abmähen, Ihr Edlen."

Einmal, in Palermo, hatte er die Ehre gehabt, den verehrten Seher Rapisardi (hager, leicht, vorstehender Schnurrbart, großer Hut, schwarze Schleife, langer Überrock und Regenschirm) zusammen mit einer Gruppe von Studenten auf den Schultern im Triumphzug zu tragen, „Professor, die Zukunft gehört uns: Gedanken und Dynamit!"
Er erzählte von seiner Desertion, seiner Flucht nach Frankreich. Wo er im Jahr der Großen Weltausstellung in Paris die Genossen Cipriani Merlino Galleani traf, er lernte Faure Grave kennen, die Brüder Reclus Louise Michel, er las „La Revolte", und es war wie eine Erleuchtung für ihn gewesen. Von der Flucht nach Malta mit Merlino, dann nach Sizilien. Wegen des Attentats in Palermo auf die Kaserne der Kavallerie, nur mit Schießpulver, ohne Dynamit, ist er gezwungen, sich in die Schweiz und dann nach Spanien abzusetzen. In Barcelona gründet er „El Provenir Anarquista", er wird nach dem Bauernaufstand von Jerez mit den Genossen eingekerkert, nachdem

ihnen eine von der Polizei während einer Prozession gezündete Bombe untergeschoben wird – *extrana devocion*! –, er wird auf bestialische Weise gefoltert und in eine Zelle geworfen, in der die zur Würgschraube Verurteilten eingekerkert waren. In Marseille, in Genua, in Pisa, wo er verhaftet wird, „Hört Leute, Volk! Es lebe die Anarchie!", schreit er am Bahnhof, während sie ihn fortschaffen. Beim Prozess von Viterbo, verteidigt von Gori Molinari Castelli Grignani, wird er zu elf Jahren Haft verurteilt. „Ihr seid Büttel, es lebe die Anarchie!", schreit er aus dem Käfig der Angeklagten den Geschworenen zu. Er wird von einem Kerker in den anderen verlegt, er erleidet schreckliche Folterqualen, er wird Opfer von Gewalttätigkeiten, er wird nacheinander in den Gefängnissen von Oneglia Alessandria Pallanza Orbetello eingesperrt. Nachdem er seine Strafe abgesessen hat, kehrt er nach Collesano zurück, um dort als Bauer zu leben. Und wieder ist er in Mailand, in Pisa, um für die Zeitungen „La Protesta umana", „L'Avvenire anarchico", zu schreiben. Dann wieder zurück, um auf seiner Insel Versammlungen abzuhalten gegen die Interventionisten, gegen den „schönen und reinigenden Krieg". Am Tag des Waffenstillstands verurteilt er auf der Piazza Pretorio in Palermo die Verantwortlichen des Blutbads, dem das Proletariat zum Opfer gefallen war, er hetzt das Volk auf, es möge doch das Königshaus der Savoyer an die Wand stellen, aber auch alle, die an der Regierung sind, die Waffenhändler, die Generäle ... Nun ist er erschöpft, gezeichnet vom Kerker, von den Entbehrungen, und doch noch stark und ungezähmt mit seinen fünfundfünfzig Jahren, er ist immer noch in Collesano und lebt dort als Bauer, er ist wissbegierig, er schreibt, gibt Zeitungen heraus, nimmt an den Aufständen teil, an den Landbesetzungen auf den Madonie, er wettert gegen die Mörder der Gewerkschaftler, die Mörder seines geliebten Genossen Panepinto ...

„Das ist weder ein Jahrmarkt noch ein Fest zu Ehren eines Heiligen, es steht nicht im Kalender, da kommen viele Menschen zusammen wegen des Autorennens, von der Küste, von Campofelice, Bonfornello fahren die Autos nach Cerda Sclàfani Caltavuturo herauf ... es sind große Zuschauertribünen aufgestellt worden, und auf einem großen Platz gibt es sogar einen Jahrmarkt", sagte Gandolfo Allegra zu seinem Sohn Stefano, und sein Auge blitzte beim Schein der Laterne wie die Klinge des Schustermessers. „Das Rennen heißt Targa Florio."

Florio ... Stefano dachte an Verzierungen, die zu tun haben mit roten Rosen Schwertlilien Sträußen für Leichenbegräbnisse Altären Sänften für Heilige, er dachte an die Girlande aus Röslein, die von lächelnden Engeln über dem Kopf der Heiligen Rosalia gehalten wird.

Stefano, der Vater und der kleine Ruggero, der eher als Unterhaltung und Aufmunterung gut war denn als Hilfe, fuhren noch in der Dunkelheit auf dem Karren los, vollbeladen mit Schuhen, die in der frischen und milden Morgenluft heftig nach Ziegenbock stanken. Sie kamen bei den Serpentinen der Straße nach Cerda an, als die Sonne schon hoch am Himmel stand, leuchtend über dem unendlichen Gelb der Stoppelfelder, über den bunten Süßkleefeldern, dem zitternden Blau der Flachsfelder, unten, in der grünen Ebene. Am Ort des Ziels – XII. Targa Florio – standen Absperrgeländer, Gerüste, Tribünen mit Dächern Fahnen Standarten Banner flatterten im Wind, Reklametafeln für BENZINA SUPERIORE LAMPO, PNEUS PIRELLI, AUTO ISOTTA FRASCHINI, CEIRANO, MARSALA FLORIO, SECURITAS, VEDOL, ANSALDO ...

Jeder Winkel war schon voller Leute, die von überall her gekommen waren, vor allem aus der Hauptstadt, Großbourgeoisie, Reiche, Noblesse aus Palermo, das hieß aus Sizilien, wunderschöne Damen mit großen Strohhüten, Modell *chapeaux-jardin*, und Schleier vor dem Gesicht, mit Sonnenschirmchen, die sie mit großer Anmut in der Hand hielten wie den Stängel einer Blume aus Leinen oder Taft, Herren mit Baskenmützen Strohhüten Spazierstöcken und in eigenartigen militärischen Uniformen, die berühmte Musikkapelle von Petralia Soprana weiß und schillernd mit den goldenen Knöpfen und Schnüren, mit den Tschinellen und Trompeten aus Messing. Aber auf dem Platz tummelte sich auch das gemeine Volk, es verteilte sich auf den Hängen, einfache Leute, Bauern aus den Stadtvierteln, aus den Dörfern der Umgebung, Scillato Tremonzelli Borragine Aliminusa Sciara ... Stefano, der schon herumgekommen war auf den Jahrmärkten, erkannte inzwischen die Gesichter und das Benehmen wieder, die Kleider, den Akzent.

Sie stellten die duftenden *zampette* aus, zu zweit nebeneinander an den Schnürsenkeln um ein Rohr angeordnet, auf ihrem Stand, der der schief gestellte und mit Stangen abgestützte Karren war, zwischen dem Stand des Sorbet-Verkäufers und dem Stand mit Kichererbsen Saubohnen Zimt Samen. Niemand näherte sich. Die Leute, die dort auf der Suche nach gerösteten Kichererbsen, nach Eis waren, warfen höchstens einen Blick auf Ruggero dort vorne, so blond und rundlich, so fröhlich, aber nicht auf die Schuhe. Der Schuhmacher kaute am Mundstück seiner Pfeife, starrte in den Himmel, ab und zu hustete er Katarrh.

„Schrei doch", sagte er zornig zu seinem Sohn, „ruf die Waren aus!"

„*Zampette, zampette!*", schrie Stefano in den Trichter seiner Hände hinein, rot im Gesicht, mit der unsicheren Stimme eines Heranwachsenden, die sofort übertönt wurde von den sicheren und anmaßenden Stimmen aus den Metalltrichtern.

„Achtung, Achtung! Sie kommen! Sie kommen! Achtung, jetzt geht es rund! ... "

Und sofort begann ein wildes Durcheinander, alle stellten sich an die Absperrungen hinter die Gendarmen, die Leute auf den Tribünen standen auf.

Ein Automobil, das sich laut knallend, kreischend und dröhnend Kurve um Kurve den Berg hochschraubte, tauchte schließlich in einer riesigen Wolke aus Staub und Rauch auf, darin saßen zwei vermummte Männer mit Lederjacken, die fröhlich winkten. Weiter oben, auf den letzten Stufen der großen Tribüne, über dem Weiß der Sonnenschirme und der Strohhüte der Damen begann die Musikkapelle den Königsmarsch zu blasen, die große Trommel und die Tschinellen übertönten den Klang der Klarinetten, der Flöten und der Trompeten. Dann kamen die Autos, eines nach dem andern, in immer kürzeren Abständen und immer dichter hintereinander, dröhnend und eingehüllt in Staubwolken. Die Leute kreischten, klatschten, die Musikkapelle stimmte immer schnellere und ohrenbetäubendere Lieder und Märsche an.

„Sailer!", schrie das Publikum von den Tribünen als die Fahrzeuge vorbeifuhren „Masetti! Campari! Landi! Ceirano! ..." Die Damen winkten zum Gruß und als Anerkennung mit Schirmchen Fächern und Taschentüchern. Nur eine blieb sitzen, im Abseits, unbeteiligt, eine fremde Dame, die eigentümlich gekleidet war, mit einer scharlachroten Tunika, die das Haar offen trug, ihre helle Haut rötete sich in der starken Sonne, und sie zog hastig an einer Zigarettenspitze. An ihrer Seite stand wie ein Verwandter oder eine Leibwache, steif und herausgeputzt, Peppino Sardone, der Kutscher aus Cefalù. Die Fahrzeuge drehten die gleiche Runde vier Mal, auf einer Strecke, die unzählige Meilen lang war und die auf den Madonie verstreuten Dörfer miteinander verband und das Meer mit dem Gebirge. Am Nachmittag, als die Sonne bereits schwächer wurde, als Ruggero auf den Knien des Vaters eingeschlafen war, als die Leute wegen der Hitze und der Müdigkeit ruhiger geworden waren, die Musikkapelle immer langweiliger weiterleierte, als ob sich auf diesen immer gleichen Kreislauf, auf diesen fatalen Rosenkranz des Rennens eine grausame Hand gelegt hätte, um die schöne Ordnung zu zerstören, die prästabilierte Harmonie, da hörte man, in den Kurven, in der holprigen Steigung, die zur Tribüne heraufführte, ein Auto kreischen, krachen und in alle seine Metallteile zerbersten, dann trat eine angespannte, erwartungsvolle Stille ein. Die Frauen schrien, die Männer und die Gendarmen rannten zum Unglücksort. Nach einer halben Ewigkeit des Wartens kamen sie endlich zurück, redeten laut und trugen schwankend einen Mann auf den Schultern, den Kopf hatte er mit einem Helm vermummt, er trug eine Sonnenbrille, ein Taschentuch vor dem Mund, der Körper steckte in einem erdfarbenen Overall, der Mann fuchtelte mit den Armen und grüßte in Richtung Tribüne.

„Es ist Baron Cìcio, er ist unversehrt, er hat sich nichts getan!"
Sardone rannte seinem Herrn entgegen, die fremde Dame zuckte mit keiner Wimper.

„Was für ein Schwein hat der gehabt, dieser Schwätzer, dieser Faschist!", fluchte Gandolfo Allegra laut, dann spuckte er auf den Boden. Er war wie immer wütend auf die Adelsschicht, die von Cefalù, Palermo, auf die Adligen der ganzen Welt, auf den Baron und Mönch d'Alberì an erster Stelle, auf den Bischof Sansoni, den Kardinal, die Feudalherren, die Industriellen Tasca Scalea Trigona Trabia Carcaci Notarbartolo Disma Vergara Florio, auf diesen Don Vincenzo, der sich seine Zeit mit Rennen vertrieb, auf das Bürgertum und die Großgrundbesitzer, auf Orlando, Finocchiaro, Calogero Vizzini, auf die Nationalisten und ersten Faschisten, die sich um Cucco, Rizzone Viola scharten, aber nun war er vor allem wütend, weil seine Geschäfte nicht gingen. Nichts, nicht ein einziges Paar *zampette* hatte er verkauft. Wohl weil die Dorfleute an diesem Sonntag des Zeitvertreibs nichts mehr von all dem sehen wollten, was sie an die Plage erinnerte, die ihnen jeden Tag blühte, mitten unter den Zugereisten, unter den Städtern, die alle ordentliche Festtagsschuhe trugen.

Es dauerte nicht mehr lange und das Autorennen war zu Ende, es gewann Graf Giulio Masetti mit dem Fiat Nummer 28, ganz knapp vor dem Deutschen Sailer auf einem Mercedes.

„Masetti, Masetti, es lebe Italien!" Und die Leute strömen von der Tribüne herunter, von den Hügeln, sie durchbrechen die Absperrungen, bevölkern die Straße, nehmen den Fahrer auf die Schultern, feiern ihn in einem triumphalen Umzug.

Allegra spuckte und spuckte, während er seine Ware einsammelte und den Karren wieder herrichtete.

„Los, gehen wir", sagte er zornig zu Stefano.

Sie fuhren los, als die Menge sich schon aufgelöst hatte, als alle verschwunden waren. Das Maultier schaukelte beim Gehen und rüttelte auch die drei auf dem Karren durch. An einer Kehre richtete Gandolfo sich plötzlich auf, starrte über die Agaven am Straßenrand hinaus, über den Abhang hinunter, der in ein kleines Tal mündete, und dann sah er das ganze Schlamassel, das Automobil von Cìcio auf dem Dach liegend wie eine große Wanze auf ihrem Panzer, er sah den öligen Bauch, die Schläuche der Eingeweide, die Reifen, die zappelnden Insektenbeinchen glichen.

„Schau doch, schau, was für ein Wunder!", rief er, sprang auf die Straße und rutschte den Abhang hinunter. Stefano folgte ihm. „Diese Herrschaften haben alles Glück dieser Welt!", sagte er leise und ging um das Auto herum, um es zu mustern. „Aber wie hat es dieser Bastard bloß geschafft, hier frisch, wohlbehalten und fröhlich lachend wieder herauszukommen?"

Er legte die Hand auf einen Reifen, drückte mit den Fingern darauf, prüfte die Stärke des Gummis.

„Pi-rel-li, Pi-rel-li", las er darauf, seine Augen folgten den Buchstaben im Kreis.

Dann, wie von einer Eingebung gepackt, zog er das Messer aus der Tasche, schnell stach er die Klinge vier Mal in die Reifen, dann löste er sie von den kranzförmigen Felgen.

„Schnell, beeil dich!", sagte er zu Stefano, „pass auf, ob jemand auf der Straße ist ... Laden wir auf!"

Sie versteckten die Reifen unter den Schuhen, unter der Decke, unter Ruggero, der sich köstlich unterhielt, wie bei einem Spiel. Sie fuhren weiter und hielten ängstlich nach allen Richtungen hin Ausschau. Als es schon finster war, kamen sie im Dorf an. Nachdem er die Ware abgeladen hatte, schloss sich der Schuhmacher, ohne auch nur ein Wort von sich zu geben, in seine Werkstatt ein und erst am nächsten Tag, als es schon Mittag war, kam er wieder aus der engen Kammer heraus.

Mit einem Pfiff rief er seinen Sohn zu sich.

„Komm", sagte er zu ihm, „komm und schau."

Der Vater zeigte ihm stolz seine Erfindung. Er hatte die Reifen mit dem Schustermesser zerschnitten und auf einer Seite wieder so zusammengenäht, dass man sie als Schuhe tragen konnte, Schnürsenkel drangemacht, und so *zampette* hergestellt, die aussahen wie die behaarten Pfoten der Tiere.

Am nächsten Sonntag beim Jahrmarkt von Gangi blieb von Allegras Pirelli-Schuhen kein einziges Paar mehr übrig.

Das war der Beginn eines Gewerbes, eines Handels, der ihm Gewinn einbrachte, er zahlte die Schulden, er verheiratete Addolorata.

Daraufhin ließ er von Mastro Don Giacinto eine Votivtafel malen, das Automobil von Baron Cìcio mit den Reifen in der Luft, darüber den Heiligen Gandolfo, der aus dem runden Fenster einer Wolke schaut und daneben ein anderer namenloser Heiliger, der allerdings Michail Bakunin war.

„Und was hast du mit dem Unfall des Barons zu schaffen?", fragte der Pfarrer Allegra, als er das Täfelchen und eine Gabe in die Kirche brachte.

„Damit habe ich sehr wohl was zu schaffen", antwortete Allegra rasch und tat sehr geheimnisvoll.

X

Gott fährt auf unter Jauchzen,
der HERR beim Hall der Posaune.
Psalm 47

I.

Er verglich sich mit Alioto, dem Kriegsversehrten, wegen der Kälte, die er spürte in seiner Seele, der Erstarrung, der Unfähigkeit, noch etwas zu empfinden oder sich zu etwas aufzuraffen, sich zu begeistern. Er hatte das Gefühl, alles sei auf die schwere Zeit der Jugend zurückzuführen, auf einen Riss, eine Verletzung, die nie wieder verheilt war. Ans Tor des Krankenhauses wollte auch er klopfen, um Trost einzufordern, den Traum, die Leidenschaft, das Bedürfnis, für Andere da zu sein, die ganze Lebensfreude, die er verloren hatte, die er im Friedhof zu Grabe getragen hatte. Es kam ihm so vor, als würde er andauernd im Kreis laufen über eine unwirtliche Heide voll spitzer Steine, nur den Körper spüren, am Leben gehalten nur von der Wiederkehr des immer Gleichen, von der Besessenheit, die nach und nach an den Rand eines tiefen Abgrunds, eines Meeres voller Gefahren, einer unbekannten Welt treibt.

Petro rauchte im Bett der Piluchera, mit der er seit kurzem eine Liebschaft hatte. Sie war seine erste Geliebte, nach den anderen Frauen, die von auswärts gekommen waren zu dem einsamen Haus an der Giudecca. Sie war die Erste, die ihn gern hatte. Mit Grazia hatte er alle Ängste abgelegt, seine ganze Unsicherheit, ihr hatte er jeden Gedanken anvertraut, mit ihr hatte er versucht, all den Kummer, der schwer auf ihm lastete, zu vertreiben, heftig, ohne sich zu verstellen.

Er kannte sie seit einer halben Ewigkeit, er hatte sie aufwachsen und erblühen sehen, er hatte sie verloren, als sie eingeschlossen war im Viertel Francavilla, dann hatte er sie auf seinem morgendlichen Gang wieder gefunden unter dem Buschen aus Zitronenzweigen, vor dem Ausschank, mit dem Makel der jungen Frau und Witwe, die wegen des Weins Umgang pflegt mit männlichen Kunden, das letzte Gerücht besagte, sie habe etwas mit dem Sardone.

„Ach woher, nicht ums Verrecken! Der ist ja überall ganz schwarz, dann der kratzige Bart, und er stinkt auch noch aus dem Mund und nach Schweiß."

„Aber wenn er sich waschen würde, dann ..."

„Was hat das denn damit zu tun? Der ist drinnen ganz schwarz ... er hat keine Achtung vor anderen, er ist nicht fähig, etwas zu empfinden ..."

„Und ich?"

„Psst, sei still!" Sie legte ihm die Hand auf den Mund. „Du bist ganz anders. Du bist zart ... Und dann bin ich doch diejenige, die dich liebt! ... Was glaubst du denn? Du bist der einzige, nach meinem Mann. Ich hatte immer nur dich im Sinn, auf all deinen Wegen bin ich dir gefolgt mit meinen Gedanken. Ich habe alles erfahren, von deinem Haus, von deinem Kummer ..."

Nun war er es, der sie zum Schweigen brachte. Er zog sie an sich, umarmte sie mit einer solchen Inbrunst, als ob er ganz in ihrem Schoß versinken, sich dort verstecken, Frieden finden, sich vergessen wollte. Sie besänftigte, beruhigte ihn, sie zeigte ihm die richtige Art, die richtigen Bewegungen, und sie folgte ihm gefügig, bis sie laut klagend mit ihm verschmolz. Ganz hingegeben, wehrlos auf ihr liegend, nach langem Schweigen, weinte Petro leise. Grazia küsste seine Augen, sanft streichelte sie seinen ganzen Körper.

In der Nacht wurde er von Schellen geweckt, von Glockengeläut, vom Stampfen einer Herde, eines Haufens, von Rufen, vom Geschrei der Hirten, der Pferdehüter, von einem Riesenlärm auf der Straße.

„Heute ist der Vorabend des Himmelfahrtsfestes, sie bringen die Tiere zur Waschung", sagte Grazia. Petro sprang aus dem Bett, um nachzusehen. Pferde Maultiere Ochsen mit Tüchern Girlanden um die Stirn gebunden, Ziegen Schafe, Männer mit zerdrückten Hüten und Stöcken versammelten sich, vom Borgo und vom Belvedere her kommend, an der Porta di Terra und gingen die Discesa Paramuro hinunter bis zur Porta dell'Arena, zum Meer.

„Ich gehe auch mit ... ich will mit den Tieren ins Wasser ...", sagte Petro lachend.

„Wann kommst du wieder?", fragte Grazia. „Ich muss den Jungen bei meiner Mutter unterbringen."

„Wer weiß? Ich werde dir unser Zeichen geben."

Auf der Straße begegnete ihm an der Ecke Peppino Sardone, der ihn anstarrte, ihn voller Groll angrinste. Petro machte auf der Stelle kehrt und marschierte schnurstracks auf das Meer zu.

Grazia trat auf den Balkon und hängte das Bettzeug auf die Wäscheleine, das Nachthemd, damit wie auf alle Dinge unter dem Himmel der Segen des Herrn am Himmelfahrtsfest, der Tau dieser Nacht darauf niederfalle. Nachdem er die Botta-Kaserne und das Theater hinter sich gelassen hatte, ging Petro an der Piazza Arena, in der Nähe der Porta d'Ossuna zum Strand hinunter. Er lief so lange, bis der Strand immer schmaler wurde, bis die Felsenküste begann, die Häuserreihe aus der Zeit der Sarazenen auf den Mauern, bis die Türme zu sehen waren, die Befestigungsanlagen, wo unter dem spitzen Torbogen der Familie Martino das Wasser aus den Waschtrögen herausfloss, die unterirdische Wasserader. Der Strand war voller Männer, sie schoben die Tiere, mit Holzstöcken, an denen Stachel befestigt waren, und mit lautem Geschrei ins Meer hinein. Auf der alles überragenden Rocca, auf den Feldern dahinter, in Sant'Elia Pacenzia Giardinello Carbonara, bis zur gegenüberliegenden Landzunge von Santa Lucia, sah man am Vorabend des Himmelfahrtsfestes die auflodernden Feuer. Die Glocken läuteten wegen des bevorstehenden Feiertags, im Dom, in den Kirchen, die dem hl. Carmine und der hl. Annunziata geweiht waren. Aus dem Hafen fuhren die Boote in jener finsteren Nacht mit Acetylenlampen aufs Meer, um Kalamari Tintenfische Kraken zu fangen.

In den Tiefen des Meeres versanken Amphoren Schätze, an diesen Anlegeplatz kamen kluge Händler Truppen Piraten aller Art, am Schilderhaus bewunderte die Wache den Sternenhimmel, verlor sich in Geheimnissen, entzifferte den Schimmer der Leuchttürme an der Küste, die Stimme erstarb im Hals vor Schrecken, nach jeder Überschwemmung leuchten in den Abgründen die Münzen, Gold-Stater Sesterzen Zehnerdrachmen, Inschriften werden von den Steinen ausgewaschen (ΣΩΣΙΝ ΚΡΑΦΑΤΕ ΚΑΙΡΕ), in den Ställen brechen die Mosaikfußböden auf, hier hatte der erste Normannenkönig Zuflucht gefunden, der blonde Seefahrer aus längst vergangener Zeit, der Schiffbrüchige, von dem die Legende erzählt, er habe die Grundsteinlegung vollzogen am Pfingsttag, hatte er doch ein Gelübde abgelegt, den Dom zu bauen, den Hort des Glaubens, das Mausoleum für Sarkophage aus Porphyr in der Nähe des Chorgestühls der Domherren, und der Sonnenuntergang taucht die Fassade in rotes Licht, es flutet durch das große Fenster, es beleuchtet die Kirchenschiffe, die Säulen aus Granit und griechischem Zwiebelmarmor, den Chorraum das Gestühl der Macht, die Apsis von byzantinischem Glanz, die Altarnische das Kreuzrippengewölbe das Kreuzschiff aus Gold Achat Jaspis Perlmutt … der gelehrte Baron geht zur Morgenstunde an Land, auf der Brigantine kehrt er zurück von den Inseln der Vergänglichkeit, von den Inseln, die auftauchen und wieder verschwinden, er kehrt zurück mit seiner Fracht, Rosen Schwefel Bimsstein Obsidian Steinkorallen Muscheln, mit den wertvollen Fundstücken der Ausgrabungen in Wohnstätten, in Gräbern aus vergangenen Epochen, Steingut Münzen Masken Mischkrüge Becher Krüge Opferschalen Hostienkapseln … mit dem Porträt eines unbekannten Matrosen.

Petro lieh sich das Maultier eines Treibers, zog sich nackt aus, kletterte auf den Rücken des Tieres, klammerte sich an der Mähne fest, drückte die Beine, die Fersen eng an seine Flanken und tauchte ins Wasser ein, er trieb das Tier vorwärts bis sie zusammen im Meer versanken. Schnell kam er wieder heraus, fröstelnd vor Kälte.

„Hast du Wundrosen, Furunkeln, Gürtelrose?", fragte ihn der Mulitreiber.

„Ja, in der Brust, im Kopf …", antwortete Petro. Dieser verstand sofort und zeigte seine Anteilnahme.

Petro warf sich in den Sand, eine angenehme Wärme schien aus der Tiefe heraufzuströmen, die Kälte zu mildern. Er legte sich auf die Seite, auf den Rücken, er lag einfach nur da, wühlte sich in den Sand ein, fühlte sich wohl dabei und erholte sich. Er schaute auf den

Himmel, der durchlöchert war von Sternen, starrte auf die unendliche Zahl von Sternen, die viel heller leuchteten als sonst, diese flimmernden Gebilde, die Spiralen und Ellipsen, die Siebengestirne, die Sternbilder der Bären. Und auf das sanfte Dunkel, die Felsmassen der *Rocca*, die Häuser des Dorfes darunter, die sich zwischen Steilwand und Meer, rund um das wachende Auge, den Hort des Glaubens, die große Kathedrale herum ducken. Von ihrem Grundriss, von diesem Mittelpunkt aus, nahmen seine Gedanken ihren Ausgang, um jede Straße Gasse Innenhof, alle Kirchen Klöster Palazzi Häuser vor seinem inneren Auge Revue passieren zu lassen und was sich in den einzelnen Familien zutrug, aber auch um sich alle Väter und Kinder, ihre Gesichter, ihre Namen wieder ins Gedächtnis zu rufen, all das, was geschehen war. Er spürte, dass er an diesem Dorf hing, es war voller Leben Geschichte Ränkespiele Zeichen Erinnerungen. Denn seine Bewohner hatten die Gabe, die Wahrheit zu erkennen und zu verteidigen, die Wirklichkeit und mit ihr im Einklang zu leben. Bis gestern. Nun schien ein Erdbeben einen Riss herbeigeführt, einen Abgrund aufgetan zu haben zwischen den Menschen und der Zeit, der Realität, als ob ein weit verbreiteter Wahn, ein Stachel alle auf Abwege führen, in das Durcheinander, in die Torheit stürzen würde. Und dies zersetzte die Sprache, verzerrte die Worte, ihren Sinn – das Brot war schwer zu verdienen, das Essen vergiftet, der Frieden zäh, die Vernunft in einen tiefen Schlaf gefallen ... Petro war bewusst, dass sogar er manchmal unter den bösartigen Anfällen eines Fiebers litt, er merkte, wie er in Lethargie versank, in die Fantasterei. Aber was war geschehen, was geschieht eigentlich die ganze Zeit? fragte er sich erschrocken. Es fröstelte ihn, er ging zum großen Feuer, das sie am Strand angezündet hatten, dort wärmte er sich und schüttelte die Sandkruste vom Leib. Männer standen im Kreis herum, alle hatten im Meer gebadet – wegen ihrer Wunden, wegen Krätze, Blattern, Hautkrankheiten. Im Licht der lodernden Flammen entdeckte Petro das traurige Gesicht von Janu.

„He", sagte er scherzhaft zu ihm, „auch du mit einem Leiden?"

„Ich bin voller Ausdünstungen, Hautausschlag, mich plagt der Juckreiz ... ich spüre, wie in meinem Blut die Stumpfsinnigkeit fließt, das Blut von Fledermäusen, das Pulver mit Flügeln ... ich bin verseucht, ich habe die Pest, Petro ... "

„Lass dich untersuchen, sofort! Fahr nach Palermo, zu Professor Candela, in der Via Cavour ... Es gibt neue Heilmethoden wie das Einatmen von Quecksilberdämpfen ..."

„Ich versuche gerade das Geld dafür zusammenzukriegen ..."

„Ich leihe es dir ..."

„Nein, nein, ich habe schon Schulden bei deinem Vater ..."

Plötzlich tauchten zwei Karabinieri auf, sie bahnten sich blitzschnell einen Weg durch die versammelten Männer und Tiere, blieben vor dem Feuer stehen, entsicherten ihre Gewehre und richteten sie auf Janu.

„Castiglia Sebastiano!", rief der Gefreite laut.

„Ja ...", antwortete Janu und erbleichte.

„Du stehst unter Arrest!" Dann stürzten sie sich auf ihn und legten ihm Handschellen an.

„Er ist unser Knecht, er arbeitet für meinen Vater ... er hat nichts getan ...", mischte sich Petro ein.

„Viehdieb! Er hat Schafe geklaut, Ziegen", sagte der Karabiniere verächtlich.

„Aber ihr könnt doch nicht, er ist krank ..."

„Kümmern Sie sich um ihre eigenen Angelegenheiten, Herr Lehrer! Seien Sie vorsichtig, wir behalten Sie im Auge ... Sie sind befreundet mit Umstürzlern, Verbrechern ..."

Und sie verschwanden, Janu in der Mitte, an einer Kette.

II.

Und es erschienen ihnen Zungen zerteilt, wie von Feuer ...
(*Apostelgeschichte* Kap. 2, Vers 3, übersetzt von Martin Luther)

Schrecklich ist nicht, dass die Nacht sich in einen Morgen verwandelte, das Licht durch Ritzen Fugen die Schatten unerbittlich zerteilte, das Auge blendete, die *chambre des chauchemars* entflammte, an den Wänden die Malereien – mit Grünspan überzogen verfault gelb zersetzt rot versengt –, die Abbildungen des Ziegenbocks, der mit seinem Samen die Kurtisane der Sterne benetzt, die Abbildungen der großen Schlange, aufgerichtet im Kreis der Tanzenden.

Der Schlaflose durchquerte die spannungsgeladenen, hellen Nächte, die voller Unruhe waren, gleich den Bahngeleisen, malend schreibend Haschisch kauend und Laudanum Anaholium Veronal zu sich nehmend. Er gedachte in schmerzlicher Erinnerung seiner unehelichen Tochter, der süßen Poupée, er selbst hatte sie am Rande des Abgrunds begraben, im Friedhof aus Felsen und Ginster, möge sie ihr Schiff lenken können in den Meeren des Alls ... Er hatte die tierischen Laute der Mutter Alostrael zum Verstummen gebracht mit einem Achtelmaß Heroin.

Zwischen Wachzustand und Schlaf, in der schlimmsten Stunde hörte er Schritte, harte Schläge im Takt, er spürte die Präsenz.

Als er wieder aufwachte, zurückkehrte in die Leere in das Elend in den Schweiß in den Gestank, in das Zittern Jucken in den bohrenden Schmerz in den Brechreiz, in die Mattigkeit des Körpers, da erschien es ihm außerordentlich deutlich, noch lauter, das metallische Dröhnen des Gongs, der gestaltlose Schauder, der Sturm, der tückische Feind der Schwermut, lag auf der Lauer. Er schnupfte den Schnee, damit er wieder auf die Beine kam.

Auf dem Platz fehlte zur Versammlung noch Cypris, sie war geflüchtet vor dem Hass, der Eifersucht der Ersten Konkubine, wahrscheinlich auf den Strich gegangen am Hafen von Palermo oder sie hatte sich mit dem Ziegenhirten in der Wildnis versteckt. Im Tempel hatte er Teufelsdreck verbrannt, um den Fluch zu bannen, die feindlichen Mächte in die Flucht zu schlagen.

Anwesend waren Hermes Dionysos Metonith Genesthai, die zuletzt zum Kloster Gestoßenen, anwesend auch Hélène, die Schwester von Ninette. Er ging langsam durch die Gruppe nach vorne in Richtung Olivenbaum Eiche verkrüppelte Glyzinie zum laut tönenden Eichelhäher, in Richtung Orient. Er stimmte mit müder Stimme die Anrufung an, Gegrüßest seist Du, der Du König bist in Deinem Entstehen, Ra in Deiner Kraft, Harmachis in Deiner Schönheit, unerbittlich in Deinem leeren Himmel, in diesem reichen Mai, in dieser Landschaft glühend vor Pollen Sporen Keimen Blütenstand. Er atmete schwer, das Asthma nahm ihm den Atem, brachte sein Herz zum Stillstand, trübte ihm das Auge. Und die Jünger erschienen ihm unwirkliche, farblose Schatten, kalkfarbene Gesichter, verkohlte Augenhöhlen, mit gebleckten Zähnen, Kreaturen aus einer eingeäscherten Welt. Er wich erschrocken zurück, er ging ins Haus. Wo ihn die raue versengte Stimme, die eines Rauchers, des kleinen Hansi, des Dionysos, erreichte, der wild wie ein heißhungriger kleiner Wolf Schreie ausstieß. In sein Schreien stimmte Leah, die Mutter, mit ein und auch der schluchzende Howard, der Sohn von Ninette, mit seinen spitzen Tönen, und Satan, der Hund, mit dem Gebell. Er warf sich wieder aufs Bett, presste die Hände an die Ohren. Erschöpft vom Husten, von allem, was das Leben bedeutete, trat er langsam ein in den Schlaf.

Er wurde wieder geweckt durch das Glockengeläute aller Kirchen im Dorf, in der Umgebung, ein Festgeläute, es wirkte wie der Beginn eines lauten Gesprächs und die Antwort darauf, ein Zuruf, der von einem Ort aus einsetzte, von einem Kirchturm zum Nächsten weitergegeben wurde, in einem fröhlichen und ohrenbetäubenden Konzert.

Sofort kam er auf die Idee, das Kloster zu verlassen, seine Leute, er wollte ausbrechen, ins Dorf gehen, die andere Welt sehen.

Er legte die Zeremoniengewänder des Großen Tiers ab und verkleidete sich von Kopf bis Fuß in den *real english gentleman*, mit Panamahut Jacke Krawatte Gilet, mit Gamaschen und Bambusstock, als fremdländischer Tourist. Er ging die schmale Straße von Santa Barbara hinunter, durch die Trazzera Regia, durch die Via Umberto, dorthin, woher das Läuten kam, das am lautesten, feierlichsten klang, das ihn am stärksten in seinen Bann zog, er ging dorthin, wo alle Gassen und Straßen zusammenkamen, zum breiten Platz, zur Kathedrale.

Er fand sich vor einem Kastell aus Schottland, aus dem Cornwall oder aus der Normandie wieder, das sich abhob von einem gläsernen Himmel, wie es ihn nur in Marokko gab, von einem nackten Atlantikfelsen, es ragte empor zwischen den grünen und orangefarbenen Spritzern und Wasserfällen der Palmen Tunesiens, dem Querflug der Mauersegler Kalanderlerchen Möwen, mit der breiten Fassade, dem gestuften Laubengang, mit den Torbögen Türmen Türmchen Zinnen Giebeln, mittlerweile war auch der Winter unseres Unzufriedenen unter der schönen Sonne von York zum Sommer geworden.

Dieses von Licht durchflutete Bauwerk kam ihm zu dieser Stunde bekannt und doch zugleich fremd vor, fern, wie ein Vorposten der nordischen Eroberer an der Pforte zum Maghreb, eine unnatürliche Einmischung, eine Religion und Macht der Transzendenz drückte einer Kultur der Sinne und der Immanenz ihren Stempel auf. Aber er ging dem Bauwerk entgegen wie ein Verzückter, magisch angezogen von einem Ruf. Er stieg die Freitreppe hinauf und hatte bei jeder Stufe das Gefühl, auf einen Berg zu steigen, wo sich das Wunder ereignen, die Welt sich verfärben, verwandeln könnte. Er überquerte den Platz vor der Kirche, das Halbdunkel des Pronaos, und er befand sich vor dem Tor der Könige, unter dem Marmorportal, das am Torbogen wie ein Fächer auseinandergefaltet ist, vor den Girlanden dem Tierkreiszeichen dem von der Kirchenfahne durchbohrten Lamm. Er trat über die Schwelle. Der feierliche Orgelklang, ein schwerer Duft von Blumen Kerzen Weihrauch umhüllte ihn. Und Lampen der Nymphen, eine Unzahl von Öllichtern, Kerzen, die in den Kirchenschiffen und im Chorraum leuchteten, und der wunderbare Strahl, der vom Spitzbogen am anderen Ende ausging, bahnte sich in der Mitte einen leuchtenden Weg, er ließ wertvolle Mosaiksteine in der Apsis, im Altarraum in den Kappenstücken den Gewölben in den Flügeln des Deckengemäldes in den Seitenteilen in hellem Licht erstrahlen, Figuren deutlicher erscheinen, ein Reich von Spiegelungen entstehen, Kristalle aus Farben. Ein Gott der Transfiguration leuchtete aus goldenem Licht in seiner himmlischen Wohnstatt, in seinem Nimbus, in der Höhe im Mittelpunkt von allem Anderen, ein geheimnisvoller Pantokrator, der Weltenherrscher, er breitete seine Arme aus, und EGO SUM LUX stand im offenen Buch der Verkündigungen ...

Er ging, ohne zu zögern, auf dieses Licht zu, innerhalb des Sonnenstrahls, der ihn durchflutete, mitten durch die Reihen der Gläubigen. Während die mächtige Orgel aus allen Pfeifen tönte, stimmten der Bischof, der Abt, der Kantor, die Chorherren, die Diakone in roten Gewändern den Gesang an

Veni, Sancte Spiritus
Et emitte caelitus
Lucis tuae radium ...

Es öffnete sich das Deckengewölbe wie eine Schleuse und es regnete auf die gesenkten Häupter der Gläubigen Rosen Margeriten herab, es flog die kleine Taube durch die Pforte des Presbyteriums, sie verschwand zwischen den Säulen, flog an den Fenstern entlang nach oben. Der Fremdling stellte sich in der Mitte des Querschiffs auf, im Zentrum des Geschehens, hingerissen vom Schauspiel. Der Sagrestan näherte sich ihm und gab ihm zu verstehen, er möge den Strohhut abnehmen, mit bloßem Haupte dastehen. Der Mann zog so die Blicke aller noch mehr auf sich, denn er entblößte in der Mitte seines glänzenden Schädels die Haarlocke, sie richtete sich gerade auf wie ein Horn, eine Flamme. Sogar der Bischof, schwer an seiner Mithra tragend, eingehüllt in den Chormantel, zusammengekauert auf seinem Thron, verdrehte die Pupillen. Aber der Fremde, aufrecht, teilnahmslos, schaute nach oben auf die Figuren der Deckenmosaike. Zum Himmel schaute er mit kreisendem Auge, zu den Kreuzbalken des Deckengewölbes, den Oberkörpern der Cherubime auf den Wolken, zu den Gesichtern der Seraphime im Zentrum des Wirbelsturms, blickte weiter mit dem mit schillernden Steinen ausgelegten Gefieder, mit regenbogenfarbenen Schwingen. Er blickte weiter, darüber, hinter den Gewölben, den Kappenstücken, hinter den Schleiern der Materie, zum Unsichtbaren, Er, der entthront werden sollte, vernichtet mit seinem ganzen Reich, mit seinem Hof, den Milizen Kohorten, an dessen Stelle der Andere, dessen Name unaussprechbar bleibt, treten wollte, seine Macht festigend, die Neue Ära einläutend, „Ich bin ich, die Flamme versteckt in der Arche, ich bin der nicht ausgesprochene Name, der nicht erzeugte Funke ... Das Nichts! Das Nichts und das Niemals! ...“

„Das All, das All, seit Anbeginn, mein Gott! ...“ Kniend, am Ende der Kirchenbank, vor dem Presbyterium, in Schleier gehüllt, befand sich die Dichterin, die mystische Anhängerin Rosminis, die Heilige, die fromme Signora Lanza, die aus Gibilmanna heruntergekommen war wegen des hohen Feiertags. Ganz versunken in die Messe, in die Gebete, hatte sie das Große Tier gar nicht wahrgenommen, das aufrecht neben ihr stand. Die Dichterin hob ab und zu das Haupt vom Messbuch, richtete ihren Blick zum Altar hin und darüber hinaus, zu den herrlichen Figuren, zu den Gesichtern der Mosaike. Sie betrachtete die dunklen, die tiefen Register in der Ausbuchtung des Chors, an den Seitenteilen, dort wo die Lichtquelle war, an den Seiten der verzierten Ausschmiegungen, eingeschlossen zwischen den Balken, den Säulen aus Serpentin, aus Porphyr, zwischen dem Flecht-werk der mosaikverzierten Kapitelle, da sah man die Prozession der römischen und byzantinischen Theologen, der Heiligen Krieger, der Bischöfe und Diakone, der Propheten, der Könige, der ersten Heili-gen in den Girlanden. Und weiter, welch ein Wunder!, die Heiligen Evangelisten, die preisenden Apostel. Darüber, und fast wagte sie es, nicht dorthin zu schauen, zwischen jungen Fürsten in Zeremonien-gewändern, in der Dalmatika, mit Diadem Stola edelsteinbesetzten Pantoffeln, Standarte und Brot in den Händen, da sah sie Erzengel in einer langen Prozession, mit weit ausgebreiteten Flügeln, licht-durchlässigen Schwingen, bebend für Sie, die Betende, Maria orans, die Madonna der byzantinischen Liturgie, Sie, die umfasst, was nicht fassbar ist, die Herrin, Panhagia, Mutter der Mutter aller Heiligen, Bildnis des Bildnisses der Stadt Gottes. Die fromme Signora Lanza senkte den Blick und ließ ihn auf der Osterkerze ruhen, darin steckten

Nägel mit Weihrauchköpfen, am Himmelfahrtstag wurde sie ausgelöscht, bei der Rückkehr Christi in sein Reich. Nun kehrt an diesem Pfingstfest die Flamme in unterschiedlichen Flämmchen zurück auf die Erde, in Odem, Hauch, vielfachem Atem, Geist der Besänftigung, komm noch einmal auf uns herab ... komm herab und erschaffe neu ... komm herab Amor ... belebe das Unsagbare ... Und sie fand in dieser ihrer Himmelfahrt, in diesem Beben der Seele, das wie ein Stammeln des Herzens war, zurück zur Erinnerung an das lebendige Gedächtnis, zur Vereinigung mit den beiden Engeln, den Halbwüchsigen im Himmel, mit den beiden toten Töchtern. Sie erinnerte sich an den Großvater Mancinelli, an seine Gemälde mit religiösen Motiven in den Kirchen von Altamura, Capodimonte, Capua, Neapel ... an die Mutter Eleonora, die liebenswürdige Dichterin, den Vater Damiani Almeyda, den berühmten Architekten, mit dem Bedauern, dem Gram, dass er nur profane Werke hervorgebracht hat, das Politeama von Palermo, diesen heidnischen Tempel im Stile Pompejis, mit seinem vulkanischen Rot, mit seinem bronzenen Viergespann über dem Bogen des Hauptportals, das Kastell und die *tonnara* der Florio in Favignana, die Gießerei Oretea, die Zeitungskioske in der Villa Giulia ... nicht einen Betsaal, nicht eine Kirche, kein noch so bescheidenes Gebäude zu Ehren des Herrn, das Bestand gehabt hätte, wie dieser großartige, von König Roger gewollte Dom der Schönheit und des Glaubens, der für ein Jahrtausend lang Bestand gehabt hatte – ... und der Vater hatte sie zu ihrem Gemahl, dem Grafen Lanza, geleitet, mit dem sie nicht im Einklang lebte, der sie nicht verstand, der ihren Glauben nicht verstand, ihre Glut, ihren Dienst an der Sache ... Aber sie wollte diese Gedanken verscheuchen an diesem heiligen Ort, bei diesem Fest, vor diesem Altar, da der Monsignore, der die Messe zelebrierte, rezitierte:

et repleti sunt omnes Spiritu Sancto,
loquentes magnalia Dei, alleluja, alleluja ...

Sie erhob sich ganz verzückt und berührte dabei den Mann, der neben ihr in der Mitte des Ganges stand, sie kniete sich vorne am

Geländer nieder. Nachdem sie die heilige Kommunion empfangen hatte, kehrte sie auf ihren Platz zurück und versenkte sich in die Musik der Flöten Klarinetten Oboen Flügelhörner Trompeten Dudelsäcke Olifanten, in die ohrenbetäubenden Fugen, Tonfolgen, in die lauten und leisen Töne, in die hellen und dunklen Melodien des Organisten, der über die Tasten gebeugt saß, im vollkommenen Frieden, in glückseliger Ferne. Erst später wagte sie es, nach oben zu sehen, zum Meer aus Gold, zur schillernden Heimat, um sich zu verlieren in der Figur, die niemanden unberührt lässt, im strengen und trostreichen Angesicht, im erschreckenden und fürsorglichen Blick des Mannes, er, der verbleicht, sich auflöst im Licht, im hellen goldenen Schein. Zum Himmel schaute sie danach auf, wo Cherubime und Seraphime auf den Schwingen von Pfauen Turteltauben Distelfinken schwebten. Dahinter, weit hinter allem leuchtenden Schein, sah sie den Vorhang aus Edelsteinen, den Spiegel aus Gold, die Wand aus Saphir, den Gobelin der Kontemplation, die Tapisserie des Gebets, der Verzückung, der Ekstase, des Vergessens, die anspielungsreiche Ikonostase mit den Bildern der Heiligen, ein Schutzschild des Mysteriums, der unendlichen Liebe, des gleißenden Lichts. Sie verlor sich in der Kontemplation.

Das Große Tier hatte sich in der Betrachtung der übergroßen Kapitelle des Ambons, des Querschiffs, des Triumphbogens verloren. Blätter von Akanthus Disteln Palmen Datteltrauben Menschen als Gebälkträger unterdrückte leidende Frauen Löwe Sphinx der blinde Ödipus die Schildkröte der Drache an der Schwelle das aus dem Rachen lodernde Feuer David und Salomon mit der Schriftrolle und dem Kranz aus Ölzweigen ...

Er ging nach hinten zur Tür. Dann trat er auf den gleißenden Kirchenvorplatz hinaus, zum höchsten Punkt der Treppe, von dort sah er auf den Platz hinunter, nahm den Schatten der schlanken Palmen auf der Erde wahr, er betrachtete die Kinder, die spielten, die Leute, die vorbeigingen, in Gruppen standen, er musterte die prunkvollen Paläste auf der einen Seite und auf der anderen, den großen Palast des Verwaltungsdistrikts, ohrenbetäubend war das erneut einsetzende Glockenläuten. Es überkam ihn in dieser reinen

Luft, in dieser Sonne so etwas wie ein leichter Schwindel, um ihn herum verfinsterte sich alles für einen Augenblick. Dann kam er wieder zu sich, und es schien ihm, als ob er weit hinten, dort auf dem Platz Hélène erkennen könne, mit dem Neffen Howard an der Hand, die um die Ecke bogen und die Hauptstraße entlang eilten.

Er wollte die Frau einholen, aber sie war schon verschwunden.

Auf dem Platz in Santa Barbara, im Kloster, fand er die aufgebrachten Thelemiten vor, die Gendarmen hatten den Tempel entweiht.

XI

[DIE SCHÄNDUNG]

Aber auch dort lag überall Stroh herum,
Scherben von allem Geschirr
beschädigte Fischreusen ...
VERGA, *I Malavoglia*, 8. Kap., übersetzt von René König

Als es finster wurde, ging er gedankenverloren die Straße entlang, die nach Santa Barbara hinaufführte; er hatte den ganzen Tag außer Haus verbracht.

Er war in Palermo gewesen, hatte sich mit Miceli getroffen, den Genossen, wegen der harten Auseinandersetzungen, der Gewalttaten, der Provokationen, der großen Gefahren angesichts der bevorstehenden Wahlen – es hatte schon Zusammenstöße und Tote gegeben, drüben auf dem Festland, und auf der Insel schon Strafexpeditionen, heimtückische Überfälle, Morde, Verletzte ...

Er hatte aufmerksam zugehört, um die Analysen, die Ratschläge die Direktiven zu verstehen, aber er schwieg, unfähig auch nur ein Wort oder gar einen Satz zu sagen und über Politik auch nur zu reden.

Draußen seufzte Petro tief.

„Was ist los?", wollte der Freund wissen.

„Gehen wir, gehen wir doch ins Kino, ich brauche Zerstreuung."

Sie sahen „Die Arbeiter des Meeres", im Utveggio-Kino und kamen von Ängsten verfolgt, von Grauen erfüllt wieder heraus, voller Entsetzen, dieses Mannes wegen, der in einer nie enden wollenden Zerreißprobe gegen das Meer angekämpft hatte, gegen die Klippen, den schrecklichen Sturm, die schleimigen Tentakel des Monsters, des Polyps. Und diese Wirbelwinde, die stürmischen Wellen, die Schaumkronen, die tiefen Abgründe, der Ozean, der sich vor den Felsen auftürmt und dort bricht, alles erinnerte Petro an die Wintertage, wenn die Tramontana den Himmel auspeitscht, das Meer, die fahl, fast schwarz wirkenden Inseln deutlich sichtbar werden lässt, Ustica und Alicudi Lipari Vulcano, die erschreckend hohen Wellen laut gegen Santa Lucia schlagen lässt, gegen die Hafenanlagen, den Strand, die Häuser oberhalb der Mauern, die Landzunge Marchiafava, gegen die Klippen der Giudecca, der Calura, wenn sie Palmen, Zypressen, die als Windbrecher dienen, krümmt, Gemüsegärten austrocknet,

Blumengärten. Dann läuten die Glocken Sturm, die Leute rennen herbei und ziehen die Boote auf die Straße, zwischen die Häuser.

Sie trösteten sich mit dem Sorbet der Milchbar Mazzara und Petro noch mit einem Seidenschal mit langen Fransen, den er für Grazia in der MAISON DE MODE CICCINA LO VERDE kaufte.

Nachdem sie die Bahnhofstraße hinuntergelaufen waren, trennten sie sich an der Piazza Calvario, Cicco Paolo ging in Richtung Strada dell'Avvenire, Petro in Richtung Strada della Carruba. In Gedanken versunken stieg er im matten Abendlicht den Hügel hinauf, da sah er am Straßenrand, auf der linken Seite, wie die fettige Spur eines Rinnsals sich weiter unten jenseits des Turms verlor. Er sah, dass sie aus der Ölmühle kam.

Petro öffnete das Gatter. Sofort erschien Pina, die alte Haushälterin mit dem Licht in der Hand auf dem Balkon.

„Ach, großes Feuer! Ein böses Omen, der Ruin! ...“, schrie sie.

„Was war los?“

„Petruzzo, so warte doch ...“

Sie kam herunter, den Haarknoten aufgelöst, die Spuren der Angst noch in den Augen. Sie zündete drinnen an der Schwelle des ebenerdigen Lagerraums das Licht an. Alle Tonkrüge waren zerbrochen, die Fässer umgekippt, die Schläuche durchlöchert, alles lag zu einem schmierigen Haufen aufgehäuft da, Gefäße Krüge Trichter lagen herum, versanken in einem See aus Öl auf dem Fußboden.

„Lucia? ...“, fragte Petro besorgt.

„Nein, die arme Kreatur! Sie sind von auswärts gekommen, nach dem Essen, wir hatten uns gerade hingelegt. Wir haben den Krach an der Tür gehört, die Schläge mit Eisenstangen, die Schüsse ... sie haben deinen Vater bedroht, haben ihn verhöhnt ... und Lucia, die oben vor Angst geschrien hat ... Es war ...“

„Wer?“

„Sardone ... und ein Fetter, der Diener des Barons ... und mit ihm auswärtiges Volk, mit so einer Art Uniform ...“

Aus der Erde entsteht alles Steingut, aus dem Feuer, aus der Luft, aus dem Wasser, aus dem Unförmigen wird jede Form geboren, aus der

Vermischung die Ordnung, aus dem Bedürfnis die Schönheit, aus der Notwendigkeit die Harmonie. Liebe und Geduld bewegen die Welt, bewegen die Hand, die Intelligenz, sie schaffen das Tiefe und das Flache, das Volle und das Leere, das Konkave und das Konvexe.

Aus dem Schlamm entsteht jedes Fangotto, aus Ton Krater Skyphos Amphore Olpe Aryballos *màfara lemmo bòmbolo quartara*, Licht der Nacht, die weiße *matràngela*.

Hydria der Griechen, *giarrah* der Araber.

Aus Santo Stefano, aus dem Brennofen von Armao oder von Gerbino kam die größte Terrakotta-Vase, *badessa* genannt. Aus dem wieder geborenen Dorf auf dem Hügel, am Reißbrett entworfen vom Grafen von Camastra, nach dem Vorbild des Parks von Versailles, des botanischen Gartens von Palermo, in Form einer Raute innerhalb eines Vierecks, mit Strahlen, die vom Zentrum auf jeden Endpunkt hin ausgerichtet sind, auf jede Reise hin.

Der Tonarbeiter geht in die *pirrera* oben auf den Hügeln, in die Gruben, wo Ton ausgegraben wird, in die Gräben in der Nähe von Torrazzi, er belädt Maultiere, Esel mit Körben. Er sammelt seinen Reichtum in der Grube an, er verteilt ihn auf dem Platz zum Trocknen. Er schlägt diesen trockenen Ton mit der Schaufel, der Keule, er wirbelt trockenen Staub auf. Es ist der Augenblick des Wassers und des Anrührens. Er stellt wässrigen Schlamm her, noch ohne genauen Plan, dann bearbeitet der Mann den Schlamm mit bloßen Füßen, gekrümmt, er gibt seinem Tanz Rhythmus Bewegung Maßstab Geometrie. Dann zeichnet er mit dem Fuß fächerförmige Linien in den Ton, der in Scheiben aufgeteilt wird, dann einen schneckenförmigen Wirbel, und schließlich einen Kreis, der einen Ring nach dem anderen enthält.

Jetzt wird der Ton an den Dreher weitergegeben. Er bearbeitet, knetet die Masse, formt das Stück zu einem kleinen Ball, stellt es auf der Drehscheibe ab, er dreht begradigt durchlöchert benetzt zerrt den Ton, er fährt mit dem Stab über die noch unsichere Form, er beseitigt den Schaum im Innern.

Auf dem trockenen, harten Fundament, auf dem Stück, das als Grundstock dient, lässt er den Tonkrug entstehen, nach oben hin durch die langsame Bewegung verjüngen, dann schafft er die Wölbung, majestätisch wie die Kuppel einer Kirche, dann der Hals, die Kette als Ornament, die Öffnung, den Rand.

Der Tonkrug trocknet in der Sonne, mit der Zeit, er wird mit flüssigem Blei innen wasserdicht versiegelt, mit Kieselerde aus Leonforte oder aus Tropea, von einem Arbeiter aus Favara, der mit Feuern Schwefel Metalllegierungen umzugehen weiß.

In der oberen Hälfte der Kuppel, in der höher liegenden Kammer des Brennofens wird sie aufgestellt, zusammen mit den Gefährtinnen von ähnlicher oder unterschiedlicher Größe, ein Kantharos, zwei, drei, und der Brenner überlegt, passt auf, dass sich die Bäuche der einzelnen Krüge nicht berühren, stapelt sie mit den Öffnungen nach unten und den Bodenstücken nach oben hin.

Der Holzsammler kommt mit Ästen und Zweigen aus dem Staatsforst von Caronia und San Fratello herunter, von den Besitztümern der Feudalherren der Lanza oder Pignatelli, mit dem Karren voller Oleaster- Mastix- Ginster-Zweige, die bis zu den Dächern und Balkonen reichen.

Es kommt der Sieder, der wirft mit vollen Händen Salz gegen den bösen Blick in die Öffnung der tiefer liegenden Kammer, er zündet das Licht des Heiligen Antonius an. Er erzeugt einen Funken, er schürt, er nährt das Feuer nach und nach mit Reisigbündeln und überwacht es zur rechten Stunde. Er schließt schließlich die Öffnung, damit die Wärme nur langsam absinkt.

Sobald man ihn aus dem Ofen holt, klingt der Tonkrug aus Santo Stefano an jedem Punkt bei jedem Schlag hell und klar, wie eine Glocke aus Tortorici – Stolz und Ehre eines jeden Händlers – er wird auf Segelschiffen nach Cefalù, Marsala gebracht, nach Agrigent, mit ihm wird Handel getrieben, er wird eingetauscht und gelangt bis nach Marseille, bis nach La Marsa in Tunesien.

Er rannte die Treppe nach oben, gelangte in die finsteren widerhallenden Räume. Am anderen Ende öffnete sich die Tür und es erschien Lucia.

„Wer ist da? Wieder Schläge, wieder Erdbeben? ...“

„Lucia ...“

„Petro ..., warte, ich bring die Lampe. Was macht er, kommt Janu nicht? ... Er hatte es doch versprochen, die Beeren, die Tauben, den Korb ... Psst, Serafina darf nichts erfahren!“

Sie stellte die Lampe auf den Tisch und der Lichtschein fiel auf den Vater, der dort saß, den Kopf zwischen den Händen.

„Aber warum?“, fragte Petro.

„Es ist immer noch die alte Geschichte mit der Erbschaft. Er rächt sich, jetzt, wo er wieder Atem geholt, neue Kräfte gesammelt hat, unterstützt von seinesgleichen ... Wenn es möglich wäre, dann würde ich verschwinden, mein Sohn, um dir nicht wieder Schwierigkeiten zu bereiten, Plagen ... ich und diese Unglücklichen ...“

„Was sagt er denn da? Was sagt er?! ... Es war meinetwegen, wegen meiner Freundschaft mit Miceli, weil ich in der Partei bin ...“

Er verschwieg die Sache mit dem Anspucken, er verschwieg die Sache mit der Piluchera, er verschwieg den Hass des Sardone.

„Ach, Brut von Bluthunden, von blutrünstigen korsischen Hunden“, begann die Schwester. „Ach, wie viel Weinen von Müttern, von Unschuldigen ... Pass auf, Petro, geh nicht hinaus!“

„Beruhige dich, Luciuzza ... Denk nicht an diese schrecklichen Dinge“, sagte die Pina.

„Was macht denn Janu, kommt er nicht? Sollen wir zur Herde gehen oder doch nicht, wenn wir Quark essen wollen? ... Es ist sehr spät geworden, na ja ... Nein, nein, Hilfe ...“, und sie wich zurück, sie presste die Hände an die Ohren.

„Was ist, was hast du denn?“, Petro kam näher, wollte sie beruhigen.

„Ich höre Geschrei, ich rieche Gestank von geschlachtetem Kitz ...“, sie wich zurück und riss die Tür auf, hinter der Serafina eingeschlossen gewesen war.

Die Schwester kniete vornübergeneigt zu Füßen der Komode, die sie wie einen Altar hergerichtet hatte, die Marmorplatte voller Blumen Heiligenbildchen, die sich im Spiegel verdoppelten, die Kerzen waren vorne im Quadrat aufgestellt.

Ihr leiser Gesang glich einer Klage.

XII

[DIE FLUCHT]

Ein langer Aufenthalt in der Fremde ist dir bestimmt,
die wüste Fläche des Meeres musst du durchpflügen ...
VERGIL, *Äneis*, übersetzt von V. Edith und Gerhard Binder

Er lag rücklings auf dem umgestürzten Mühlstein, hatte den Blick zur Spitze des Turms, zum Gewimmel von Sternen in diesem schmalen Stück Himmel gerichtet, er betete, aber wusste nicht zu welchem Gott, damit dieser während seiner Abwesenheit den schwachen Vater führen und das Haus nicht dem Verfall preisgeben möge. Dass er Grazia in der Liebe stützen möge, gegen alles Feindliche, gegen alle Entbehrungen.

„Ich warte auf dich, Petro, sicher, ich warte auf dich …", hatte sie entschieden zu ihm gesagt, ohne zu weinen. Genauso stolz, wie sie sich dem anmaßenden Kerl gegenüber verhalten hatte, der ihr den Laden weggenommen, sie aus der Taverne im Souterrain hinausgeworfen hatte, am Morgen, nach dem Vorfall.

Immer noch hörte er den krachenden Lärm in seinem Kopf, das Splittern der Fenster, immer noch spürte er Getöse in der Brust. Jetzt, nachdem er den schützenden Ort an der Crucilla erreicht hatte, kam es ihm so vor, als ob er mit der Lunte auf dem Balkon des Palazzos von Don Cìcio, neben der Apozynazea, weitere Sprengsätze einer ganzen Batterie aneinanderhängender Bomben gezündet hätte. Und als ob danach reihenweise andere Explosionen die Nacht zerrissen hätten, in der Nähe und weit weg von der *tonnara* bis hin zur Botta-Kaserne, ganz unten und ganz oben, vom Domplatz bis zum Tempel der Diana auf der *Rocca*. Warum es zu diesem Mordskrach gekommen war, war ihm nicht ganz klar. Und darauf folgte nach einem langen Schweigen, das ihm endlos vorkam, der Lärm der Menschen und der Glocken ringsum. Und das rhythmische Marschieren der Wachen, das Hämmern von Gewehrkolben, Schuhen gegen die Türen, die Schreie, die Kommandorufe, „Halt, wer dort?" – Schüsse in die Luft …

An seinen Schläfen spürte er plötzlich ein heftiges Pochen, das Herz klopfte rasend schnell, ihn fröstelte und er begann an allen

Fasern seines Körpers zu zittern, zugleich bekam er Schweißausbrüche wie bei einem Malaria-Anfall. Er verfluchte diese törichte Tat, verfluchte, dass er den Sprengstoff aus der Grube geholt hatte, dass er sich im Laden der Frau auf die Lauer gelegt hatte, dass er wie ein Dieb in der Nacht herumgeklettert war ...

Er hätte dem Niederträchtigen gegenübertreten sollen, dem Auftraggeber der Verwüstungen, der Schäden an seinem Haus, der Beleidigungen, wie ein richtiger Mann, von Angesicht zu Angesicht, mit einem Messer in der Hand ... Aber er war lieber wohl genährt am Tisch bei seinen warmen Mahlzeiten sitzen geblieben, Nudeln Bohnen Fleisch, er hatte im Trockenen geschlafen, in seinem Bett, er hatte die Lage sondiert, und das Messer war ihm aus der Hand gefallen, es hatte ihm widerstrebt. Genauso wird es seinem Feind widerstrebt haben, der seine Diener beauftragt hatte, die Klinge zu führen.

Die nächsten Tage wurden fürchterlich, es gab Prügel mit Eisenstangen, Gewalttätigkeiten, Repressalien, Überfälle von Schlägertrupps auf den Plätzen, in den Innenhöfen, Kontrollen an den Toren am Hafen an den Stränden, die Nächte waren noch furcherregender wegen der Ausgangssperre, der Stille, der angespannten Ruhe, zerrissen durch die Wachtrupps, die Laternen, das metallene Scheppern der Gewehre an den Kreuzungen, und dann das Warten und die Schlaflosigkeit ... Die Genossen bestürmten ihn, zu verschwinden, ihm drohten Prügel, Gefängnis, wie Miceli, wie vielen anderen, sie hatten zur rechten Zeit die Flucht für ihn vorbereitet. Sie erlaubten ihm nur kurz, sich in der Nähe seines Hauses aufzuhalten, drinnen im Turm, um sich zu verabschieden, das Nötigste zu holen, das Bündel, um abzureisen. Er konnte sich vom Vater verabschieden.

Dieser wirkte noch kleiner und verunsicherter, noch bedrückter, seine Lippen zitterten und auch die Hände. Er wollte sich nicht von seinem Sohn trennen. Petro sah, wie sich der Vater entfernte, wie er im Dunkel des Hauses verschwand. Wo zu dieser späten Stunde, hinter einem Fenster, die Andere ein Licht durch die Zimmer trägt, das flackert, das erlischt. Eine unendliche Qual bemächtigt sich seiner, die Bestürzung, sie wühlt ihn auf, der Schmerz breitet sich in ihm aus, er setzt sich fest.

Ihm schien, als würde er sein Haus der Gefahr preisgeben, es nicht vor einem wie auch immer gearteten Übergriff schützen, vor Gewalt, Beleidigung, als würde er es aus Feigheit, Erschöpfung, Egoismus sich selbst überlassen. Und ihm kam vor, dass sein Einsatz in der Politik, sein Vertrauen in die allgemeine Gerechtigkeit, seine Rache, das Attentat eben Entscheidungen gewesen waren, um allem zu entfliehen, um sich dem unermesslichen Druck zu entziehen, dem Risiko der Niederlage, um Rettung zu finden.

„Verzeih mir", murmelte er, „verzeiht mir …"

Er tastete den Mühlstein aus Kalkgestein ab, und in der Mitte, da wo die runde Öffnung war, fand er sein Heft, in dem er die Tage der größten Verzagtheit beschrieben hatte, die Momente der Verzweiflung.

Ist wirklich dies die Schrift, ist sie das Ungeformte, das glüht und sich selbst Form verleiht, wenn es erkaltet, wenn es Tropfen um Tropfen zum Zeichen wird, zum Klang, zum abgekarteten Sinn, zur Konvention, zur Liturgie des Wortes? Ist sie Gesang, Bewegung, Parodos und Stasimos, um Qual Freude Wut Gewissensbisse freien Lauf zu lassen, den schmerzlichen Zustand der tragischen Erschütterung zu offenbaren in der angemessenen Form? Drückt sie Bosheit aus, Nachgiebigkeit, Kompromiss, Wiederversöhnung mit der Welt? Ach vergängliche Seele, dunkle, ach düsterer Hintergrund.

Sind das Intelligible und die Form Lüge oder höhere Wahrheit?

Aber am Anfang steht das Nichtgesagte, das absolut Hermetische, das nie geschriebene Poem, der nie gesprochene Vers. Steht das Rätsel, dem Murmeln des Windes gleich, das Fragment, der dunkle Ort, die Prophezeiung des Zurückweichens. Die Poesie, die der Wahrheit am Nächsten kommt, sie ist Rückzug, Aphasie, Versteinerung, sie ist Schweigen. Oder der unmenschliche Schrei.

Er hörte den Ruf von Gandolfo Allegra, er verließ mit seinem Sack den Turm, ging auf der Schotterstraße die Trazzera hinab. Bei dem Mann auf dem kleinen Karren befanden sich auch die Söhne Stefano und Ruggero, schläfrig, weil sie zu dieser frühen Stunde hatten aufstehen müssen. Petro kletterte auf den Wagen und schaute noch einmal zu seinem Haus hin, das kaum sichtbar oben auf dem Hügel, unter dem Neumond, in seinem Weiß erstrahlte, unter der schwarzen Mähne des Johannisbrotbaums über dem Dach, er schaute auf den Friedhof zu Füßen der Rocca. Er machte es sich unter der Abdeckung bequem, unter dem Haufen von *zampette*, die der Schuhmacher nun aus Gummi herstellte. Der Karren bewegte sich, er fuhr in Richtung Westen, langsam wie immer, schwankend. Gandolfo stimmte einen schleppenden Gesang von einem einsamen Kärrner an, ab und zu unterbrochen vom Schnalzen der Peitsche, den Hü-Hott-Lauten, die dem Tier galten. Petro, zusammengekauert wie ein Hund, konnte nicht mehr an sich halten, langsam löste sich der Knoten im Hals und er weinte.

Nach der Christusstatue, Richtung Porta Palermo antwortete Gandolfo den Wachtposten ohne zu zögern.

„Zum Jahrmarkt von San Giacomo, in Gratteri ...“

Er fuhr hingegen von der Trift hinab über die Straße von Santa Lucia bis zum Strand. Dort übergab er Petro seinem Schwiegersohn, dem Fischer Corso, der mit dem Fischerboot wartete. Sie verabschiedeten sich. Ruggero begann zu jammern, er wollte mitkommen auf das Boot von Aliseo und mit ihm nach Palermo fahren. Der Vater brachte ihn mit einer Ohrfeige zum Schweigen.

„Ruggero“, schrie ihm Aliseo zu, „ich bring dir aus Palermo einen Spielmann auf Rädern mit, der die Tschinellen schlägt, und ein Schiffsmodell ...“

„Lebt wohl, Herr Lehrer, alles Gute und viel Glück!“, rief Stefano zu Petro hinüber, der bereits hinten im Boot stand.

Die Brise aus dem Osten war an diesem Morgen stark, das Boot glitt schnell dahin. Der Himmel hellte sich langsam auf hinter den Felsmassen der *Rocca*, hinter der Mondsichel, den Sternen, die langsam verblassten, den Lichtern des Dorfes, den Lampen der Boote. Heller wurde auch das Meer und mit ihm das Kielwasser des Fischerbootes. Petro sah nach und nach das Kastell auf dem Hügel hervorkommen und wieder verschwinden, den steil abfallenden

Felsen, die rundliche Steilwand, den Dom in all seiner Würde, der sich vor der *Rocca* abhob, San Domenico, die Kaserne, Marchiafava, den Monte Frumentario und die aneinandergedrängten Hütten, die Stadtmauern, die Torbögen, die unzähligen Fensterchen, die Altane, das Straßenpflaster am Hafen ... er kannte dieses Dorf, er kannte jedes Haus, jede Mauer, jeden Stein, er hatte alle Geschichten darüber gelesen, er wusste von jedem Ereignis aus den Büchern, die ihm Don Michele als Erbschaft hinterlassen hatte, oder aus den Büchern der Bibliothek von Mandralisca, er hatte dieses Dorf geliebt. Geliebt hatte er die Menschen, die Bauern die Seeleute die Kinder in der Schule. Nun war er vom Dorf enttäuscht, er war seiner überdrüssig geworden wegen all der Geschehnisse, denn die übelsten Leute hatten die Herrschaft an sich gerissen, die schändlichsten, nun herrschte die Dummheit, die Gewalt, die Verwilderung aller Umgangsformen, es mangelte an Respekt, es fehlte jede Art von Erbarmen ... Aber auch weil das Böse ihn eingeholt hatte, all das, wovor er Angst hatte. Er drehte sich um und schaute nach vorn, zum Bug, zu Aliseo, dem gutmütigen Kerl, der die Segel festknotete. Und wieder kam ihm Grazia in den Sinn, das Kind, der Vater, die Unglücklichen ...

In der kleinen Bucht wurde er der Obhut von Crisafi anvertraut, dem Heizer des Postdampfschiffs, das am Abend aus dem Hafen von Palermo in Richtung Tunis in See stechen sollte.

Im Vicolo Sant'Uffizio bekam er seine gefälschten Ausweispapiere, jetzt war er Cirino di Bianca, Sohn des Benedetto. Er musste sich noch die Zeit des Wartens vertreiben, er streunte durch abgelegene Straßen, er aß Brot und frittierte Fladen vor dem Kiosk der Villa Garibaldi. Er sah den riesigen Kautschukfeigenbaum wieder mit den weit herunterhängenden Ästen, sie waren schon in die Erde eingewachsen und streckten sich aus wie monströse Schlangenrücken oder wie die Tentakel des Polypen, den er im Kino gesehen hatte, es war der Baum, in dem er vom Mafia-Handlanger bedroht worden war. Etwas jenseits davon, jenseits des Gewirrs von Gassen, bereits außerhalb des alten Stadtviertels voller Armut und Verbrechen, in Richtung Piazza Santo Spirito, auf der Via Cássaro, jenseits der Porta

Felice, in Richtung Foro Italico, da gab es hektische Aufmärsche von Schwarzhemdentrupps, die Baskenmützen trugen, mit Totenköpfen auf den Fahnen, mit Schlagstöcken, Waffen, Aufmärsche von Freiwilligen, von Studenten, Immerbereiten, Kühnen, Legionären, von solchen, die den Sitz der sozialistischen Partei in der Via Lungarini zerstört hatten, die Arbeiterkammern auf der Piazza Marina, der Arenella, der Olivuzza, die Druckereien verwüstet hatten, die Werft, die Arbeiter angegriffen hatten, die verantwortlich waren für den Mord an Orcel ... Die *caporioni*, die faschistischen Bezirkskapos, fuhren mit Autos, Kutschen. Sie sammelten sich beim Feld der Favorita zu einem großen Aufmarsch, alle gröhlten Hymnen auf den König und das Vaterland, auf Cucco Di Napoli Fiumara, auf den Nauarch der Barke Italien, auf Mussolini.

„Was wollen die denn, diese lumpigen Marionetten, diese windigen Nichtstuer, diese Muttersöhnchen?", fragten sich die Leute der Kalsa, als sie dieses Geschrei, diese Maskerade wahrnahmen.

Nach den Passkontrollen und nachdem das Visum ausgestellt worden war, gelang es Petro, das Tor zum Hafen zu passieren. Er stellte sich in die lange Schlange, um bei Einbruch der Dunkelheit auf dem Dampfer zu sein. Zusammen mit Emigranten von überall her, Bauern aus den Gebirgsgegenden der Madonie, der Nèbrodi, mit Steinmetzen aus Ragusa, Maurern aus Agrigent, Fischern aus Sciacca, Thunfischfängern aus Trapani, Formica, Favignana. Alle fuhren sie nach Tunis, nach Biserta, in die Ländereien auf Cap Bon, zur *tonnara* von Sidi Daoud, in den Hafen von Mahdia, von Gerba.

Er betrachtete den Abend, der sich über die Kuppeln herabsenkte, die Palazzi, die Via Amari, die kerzengerade bis zu den Palmen, bis zum Kupferdach des Politeama verlief, und zuckte zusammen, als der Dampfer plötzlich schrill und schneidend pfiff, als er die Anker lichtete.

Beim Abschied packte ihn wie immer die Wehmut. Weinen und Rufen war allseits zu hören, von denen, die abfuhren, und von denen, die blieben. Und langsam, jenseits des Schutzwalls, jenseits der Laterne kroch die Dunkelheit heran, es schien, als ob sich die Finsternis von den Abhängen der kahlen Hügel herabwälzte, vom

Monte Grifone, von Ciaculli, von Boccafidalco, vom Monte Cuccio, vom Monte Pellegrino, um sich über der Bucht zusammenzuballen und jedes Ding, jede Stadt, jeden Vorort auszulöschen.

Sein Land verschwand in der Ferne.

Nur ab und zu leuchtete noch ein Licht auf, hier und dort, vom Leuchtturm auf Capo Gallo. Er drehte sich weg, lehnte sich an die Reling, er betrachtete den Himmel, die Sterne, diese gehemnisvollen schillernden Nägel. Er machte es sich auf seinem Seesack bequem, den Kopf zwischen den Händen.

Da stieß Crisafi zu ihm, von der Kohle schwarz im Gesicht.

„Erschrick nicht", sagte er mit lachenden Augen und weiß strahlenden Zähnen. Er war in Gesellschaft eines älteren, groß gewachsenen Mannes, mit strengem, doch lebhaftem Blick, er trug ein Bärtchen.

„Marano, das ist Don Paolo, Genosse Schicchi ..."

Petro hatte diese berühmte Persönlichkeit ab und zu im Dorf flüchtig gesehen.

„Ich kannte deinen Großvater, Don Michele ...", sagte Schicchi zu Petro.

„Der war nicht mein Großvater."

„Was soll's, was auch immer er war ... er war ein großzügiger Mensch, ein Idealist, ein Anhänger Tolstois ...", dann machte er eine Pause und musterte ihn unter dem schummrigen Licht der Lampe gründlich.

„Du brauchst keine Skrupel zu haben, keine Gewissensbisse ...", fing er wieder an. „Dem Baron Cìcio, dem Schurken, hast du nur die Fenster des Balkons kaputt gemacht, ein paar Blumentöpfe ... und auch die anderen Bomben waren nur Knallfrösche, Feuerwerkskörper ... Kein Dynamit, wenn auch Unschuldige betroffen sein könnten! Die Ordre für den Genossen des Steinbruchs war, nur Schießpulver auszugeben, Schießbaumwolle ... einmal ein Auflodern, ein Gruß, bevor wir ins Exil gehen, ein klares Versprechen, dass wir wiederkommen, dass es dann den Aufstand geben wird ..."

„Ich weiß nicht, jetzt ... jetzt hasse ich das Dorf, die Insel, ich hasse diese entehrte Nation, diese kriminelle Regierung, den Pöbel, der diese Regierung will ... ich hasse sogar die Sprache die man dort spricht ..."

„Was sagst du da? Es ist dieselbe heilige Sprache des Gori, des Rapisardi ..."

Petro schaute ihn verblüfft an.

„Die Sprache von Dante, Leopardi", sagte er leise.

„Lassen wir die Sprache mal außen vor", fing Scicchi wieder an, „dieser Hass, den du hast, er ist eine gute Sache. Wir werden zusammenarbeiten, Marano. Ich habe erfahren, dass du gut schreiben kannst. Wir werden eine Zeitung machen, in Tunis, für die Exilierten, für die Genossen in der Heimat. Wir bereiten den Augenblick unserer Wiederkehr auf der Insel vor, einen neuen Anfang wie bei der sizilianischen Vesper", und plötzlich, voller Begeisterung, und sein Tonfall wechselte unerwartet, „Es lebe die Anarchie! Gedanke und Dynamit!", sagte, schrie er fast. „Wir werden sein wie die *bayadère sans nez* auf dem weißen Pferd, wie der in Hohngelächter ausbrechende triumphierende Tod, der in den Garten der Feste und der Tänze einbricht, der um den Brunnen der Freuden, der Genüsse seine Runden dreht, Pfeile abschießt auf Päpste Bischöfe Äbte, der Könige und Prinzen, Hofdamen und Höflinge Pagen und Knappen aufschreckt, vermoderte Leichen, das Ferment von Pest, von Würmern, Infektionsherden ... *C'est la Mort qui console, hélas! et qui fait vivre* ... Wir werden Chiachieppe aufspießen, den Zwerg, den Bastard, jeden Savojer, jeden Abkömmling der schändlichen Dynastie, den finsteren Helden der Tarockkarten, den *Ganellone* aus Predappio, seine Schergen, jeden korrupten Diener, all diese Schlangen, die sizilianischen Feudalherrn, jeden Plutokraten aus dem Norden, die ganzen Häscher, dieses ganze bürgerliche Gesindel, die idiotischen Vasallen des Staates, die schmierigen Krämer, Frömmler, die Ignoranten ... Wir werden sie alle ausrotten, bald, wir werden Italien befreien von der schmutzigen Herrschaft des Blutes, des Schmutzes ...

Schreit, oh Leiden aus der Brust der Zwanzigjährigen,
läutet, oh Glocken der gewaltigen Revolten,

Dies ist der letzte große Aufstand
Des Guten und des Bösen die schicksalsträchtige Schlacht ...

Hier, nimm und lies!", sagte er und drückte Petro ein Buch in die Hand. „Wir sehen uns morgen früh wieder bei der Ankunft."

Petro war bestürzt, er hatte in diesem Alten wieder das ungezähmte Tier gesehen. Das Tier, das im Menschen wohnt und ausbricht und sich auflehnt, das hinabreißt ins Chaos, in den Irrsinn. Die triumphierende Bestie der Geschichte jener entsetzlichen Tage, die Gräueltaten gebiert, Leiden.

Er musste Schicchi, aber auch jedem Anderen aus dem Weg gehen. Im neuen Land wollte er alleine sein wie ein Emigrant, auf der Suche nach Arbeit, nach Wohnung, nach Menschenwürde. Allein und geduldig abwarten wollte er, bis der Sturm vorüber war.

Er flüchtete sich ins Innere des Schiffes, in den Aufenthaltsraum, wo er dicht aneinander gedrängt Araber antraf, Emigranten, die vor dem Schlaf kapituliert hatten, die schnarchten, eingehüllt in einen strengen Geruch. Zwischen ihnen streckte auch er sich aus und fand Wärme und Bequemlichkeit für die Nacht.

Das Pfeifen weckte ihn, der Lärm auf dem Schiff. Er rannte zum Bordrand, und zwischen den Dampfwolken erschien vor seinen Augen in der großen Bucht mitten in der Lagune das braune Kastell, die Festung, die Mauern der Kasbah, die Zitadelle des Hafens, die weißen und hellblauen Häuser, die Kuppeln die Minarette, die Palmen die Pinien die Akazien, die Schwäne die Flamingos, die Schiffe die Segelboote im Hafen.

Es graute der Tag, Petros erster Tag in Tunesien.

Das Buch des Anarchisten, das er immer noch mit sich führte, ließ er ins Meer fallen.

Er dachte an sein Schreibheft. Zuerst musste er die Ruhe wiederfinden, die Worte, den Tonfall, das Gleichmaß der Sätze, musste den Knoten in seinem Innern lösen, dann würde er endlich erzählen können.

Dann erst würde er all diesem Schmerz einen Namen geben können, den Grund dafür erkennen.

[ANMERKUNGEN]

S. 8 – *am Fuße der Rocca*: Cefalù wird von einem 268 m hohen Felsen, *La Rocca*, überragt. Auf der *Rocca* lag einst (6. Jh. v. Chr.) eine Sikulerstadt, der sog. Diana-Tempel, eine Felsenzisterne, eingefasst von Mauerwerk. Cefalù, die von den Phöniziern gegründete Stadt (396 v. Chr. von Diodorus Siculus erstmals erwähnt) ist in erster Linie für ihre von den Normannen im 12. Jh. erbaute romanische Kathedrale berühmt.

S. 9 – *pusterla*: Schlupfpforte, in die Festungsmauern von Cefalù eingelassen; sie wird von einem monolithischen Steinquader, der als Querbalken dient, überspannt.

S. 19 – *das Neugeborene*: Poupée, Tochter von Aleister Crowley (1875–1947) und Leah Hirsig; es starb am 14. 10. 1920 in Cefalù. Am 2. April hatte Crowley in der Villa Caldarazzo bei Cefalù die Abtei Thelema gegründet; er lebte dort mit seiner Frau Leah Hirsig und seiner Maitresse Ninette Fraux bis 1923.

S. 25 – *Familie Florio*: Industriellenfamilie aus Palermo, auch „Dynastie ohne Krone" genannt. Mit einer Kolonialwarenhandlung in Palermo begann 1799 der wirtschaftliche Aufstieg der Familie aus Bagnara Calabra; bei seinem Besuch in Italien wurde Kaiser Wilhelm II. mit seiner Frau von Donna Franca Florio in den Gärten der Jugendstilvilla der Florio, der „Villa Igiea", in Palermo festlich empfangen.

S. 26 – *Daniele Cortis*: Gleichnamiger, 1885 erschienener Roman und Protagonist des Romans von Antonio Fogazzaro (1842–1911), einem Vertreter des lyrischen Subjektivismus.

S. 26 – *der göttliche Gabriele*: Gabriele D'Annunzio (1863–1938), Vetreter des dekadenten Ästhetizismus.

S. 27 – *Cagoja*: Spitzname für König Vittorio Emanuele III. von Savoyen; wohl entstanden aus dem Wortspiel Cagoja (Hosenscheißer)-Savoja, gebräuchlich bei den Anarchisten.

S. 25 – *Micio Tempio*: Domenico Tempio (1750–1821), Schriftsteller aus Catania;

schrieb im sizilianischen Dialekt. Sein bekanntestes Poem, „L'occasione", wurde von den Zeitgenossen als skandalös empfunden. Es wurden in erster Linie die obszönen Seiten seiner Werke rezipiert.

S. 35 – *das unveränderliche Geschick eines jeden Menschen*: Pantokrator in der Apsis des Doms von Cefalú. Der Text im aufgeschlagenen Buch des Lebens lautet: „Ich bin das Licht der Welt, wer mir nachfolgt, der wird nicht wandeln in Finsternis, sondern das Licht des Lebens haben."

S. 36 – *umm ... umm*: arabisch: Mutter.

S. 37 – *den Beati Poli*: Roman von Luigi Natoli (1857–1941) aus dem Jahr 1909. Beschreibt die gleichnamige Geheimsekte aus Sizilien (und Kalabrien), die von 1184 bis Mitte des 19. Jh.s bestand und deren Ziel es war, die Rechte der Armen gegen die Übermacht des Adels zu verteidigen, später machten sich seine Mitglieder krimineller Verfehlungen schuldig.

S. 37 – *Fioravanti und Rizziere, Bovo D'Antona*: Figuren aus Ritterromanen.

S. 41 – *Fregoli, Leopoldo* (1867–1936): Gilt als größter Verwandlungskünstler aller Zeiten, nach ihm wurde das „Fregoli-Syndrom" benannt.

S. 48 – *Orlando, Vittorio Emanuele* (1860–1952): Jurist, Ordinarius für Rechtswissenschaften in Rom und Politiker, in der Zeit zwischen 1916 und 1920 bekleidet er verschiedene Funktionen, Innenminister, Regierungschef und Präsident der ital. Abgeordnetenkammer. Anfänglich Sympathisant des Faschismus, ab 1931 bricht er mit ihm.

S. 48 – *Finocchiaro Aprile, Andrea* (1878–1964): Vertreter der sizilianischen Unabhängigkeitsbewegung; 1943, nach der Landung der Alliierten, Mitglied des „Comitato per l'Indipendenza della Sicilia".

S. 75 – *Das Große Tier 666*: In Kairo forderte Rose Kelly 1903 ihren Gatten auf, einen Gott anzurufen, den sie auf einer Stele im Bulak-Museum als Horus in Gestalt von Ra-Hoor-Khuit erkannte. Im Museumskatalog trug die Stele die Nummer 666 – die Zahl des Tieres in der Apokalypse des Johannes.

S. 77 – *himmelblau, golden*: Für Crowley sind Musik und Tanz nicht zu trennen, er schlägt seinen Schülern eine Art Reigen vor. Er ließ den Zuschauern ein belebendes Getränk servieren, das aus Fruchtsaft, Alkohol, Heroin und einer Abkochung aus Meskalin bestand. „Die Leute beteiligten sich an den Tänzen und Rezitationen, begleitet von einer Geige. Die Sensationspresse ließ durchblicken, es sei während einer kurzen Dunkelheit auf der Bühne auch zu einer Kopulation gekommen – simuliert oder nicht." (Ch. Bouchet: „A. Crowley", Mannheim 2000, S. 90)

S. 77 – *die er verkörperte*: Einige Inkarnationen von Crowley, seinen ständig wechselnden Angaben zufolge, die z. T. zeitlich mit dem von ihm gelesenen Buch korrelierten: Der Priester (in Theben) Ankh-f-n-Khonsu, Cagliostro, Papst Alexander VI., Sir Edward Kelley, Eliphas Levi.

S. 77 – *Er, der Ankh-f-n-Khonsu*: Name eines Hohepriesters des Ammon-Ra in der XXVI. Dynastie, dessen Reinkarnation Crowley behauptete zu sein; Leben (oder Energie) des Mondes ist eine der Bedeutungen dieses Namens.

S. 78   – *Edward Kelley* (1565–1594): Alchimist am Hof von Kaiser Rudolf II. von Habsburg.

S. 78   – *John Dee* (1527–1607): Mathematiker, Astronom, Alchimist; beschrieb den Dämon der Zerstreuung und Verwirrung als Quintessenz der metaphysischen Antithese all dessen, was durch die Magie impliziert wird.

S. 78   – *Apollonius aus Tyana* (3 n. Chr.–97 n. Chr.): neupythagoreischer Theosoph, Wanderprediger und Magier.

S. 78   – *Eliphas Levi* (1810–1875): Frz. Okkultist, wurde zum Erneuerer der rituellen Magie.

S. 78   – *Laird von Boleskine*: 1898 kaufte Crowley das Herrenhaus von Boleskine und Abteraff am Südufer von Loch Ness; jetzt durfte er sich Laird von Boleskine nennen.

S. 78   – *Fürst Chioa Khan*: Inkarnation Crowleys während seines Aufenthaltes in Kairo.

S. 78   – *Sir Alastor de Kerval*: Phantasiename, den sich Crowley in Cefalù gab, mit dem er auch den Mietvertrag für die Abtei unterschrieb.

S. 78   – *der Neophyt*: Im Jahr 1885 war der „Golden Dawn" gegründet worden; dieser Orden kennt fünf Grade: *Neophyt*, *Zelator*, *Theoricus*, *Practicus* und *Philosophus*. Anschließend wurde man in einen inneren Orden aufgenommen, der „Orden der Roten Rose" heißt und aus drei Graden besteht: *Adeptus minor*, *Adeptus major* und *Adeptus exemptus*. Es gab noch drei weitere Grade, die zusammen die Geheimen Oberen bildeten: den *Magister templi*, den *Magus* und den *Ipsissimus*.

S. 78   – *Baphomet*: Crowleys Titel als Oberhaupt des O.T.O. (Ordo Templi Orientis).

S. 78   – *Aiwass*: Der Bote einer außerirdischen Intelligenz, der Crowley im Jahre 1904 in Kairo das „Buch des Gesetzes" übermittelte.

S. 78   – *der Ipsissimus*: 1921, im Alter von 46 Jahren, verkündete Crowley, er habe den Grad des Ipsissimus erreicht.

S. 78   – *Neuen Äon*: Gnostischer Begriff für die Oberste Gottheit; auch ein Zyklus, der (in Crowleys Kult) eine Periode von ungefähr 2000 Jahren bezeichnet. Das gegenwärtige Äon ist das des Horus, welches im Jahr 1904 begann.

S. 78   – *Thelemiten*: Die Abtei Thelema taucht zusammen mit der Formel „fayce qu'il vouldras" in „Gargantua et Pantagruel" von Rabelais auf. Auch bei Augustinus findet sich die Formel „amas et fac quid vult".

S. 78   – *Hansi*: Sohn von Leah Hirsig und Edward Carter.

S. 78   – *der Ersten Konkubine*: Leah Hirsig (1883–1951): eine der *Scarlet Womans* von Crowley und eine der treuesten Anhängerinnen Thelemas. 1918 war sie Crowley begegnet, 1927 verließ sie ihn.

S. 78   – *Das große Werk*: Alchimistischer Begriff, der von Crowley übernommen wurde, um die Natur der nächsten Phase in der Entwicklung des Menschen und des Bewusstseins zu bezeichnen, d. h. vom weltlichen zum solaren.

S. 78   – *Aleph*: Der erste Buchstabe des hebräischen Alphabets; er repräsentiert die wirbelnde Energie schöpferischer Kraft.

S. 78 – *Drudenfuß*, Pentagramm, gilt in der Magie als ein Dämonen bannendes Symbol; wird in geheimen Orden, vor allem solchen, die Schwarze Magie betreiben, als Erkennungszeichen verwendet.

S. 83 – *nach den Geboten von Abramelin*: Das Buch der heiligen Magie von Abramelin, dem Magier, dessen Rituale heute noch praktiziert werden, wurde vermutlich gegen Ende des 14. Jh.s geschrieben.

S. 83 – *die alchimistische Vision des Werks*: Werk, in der Ritualsprache von Geheimgesellschaften u. a. auch als „Arbeit", „Bauwerk", „Tempelbau".

S. 83 – *im Tempel des Bruders Deo Duce Comite Ferro*: Gemeint ist Somerset Maugham, in der Sekte „Mönch" genannt, der Crowley im parapsychologischen Roman „Der Magier" ein unrühmliches Denkmal setzte.

S. 83 – *Blake, William* (1757–1827): engl. Dichter, Maler, Kupferstecher; sein Werk weist Beziehungen zu Mystikern (Jakob v. Böhme) und dem Neuplatonismus auf; mit seiner Lyrik begründet er eine eigene Mythologie.

S. 83 – *Blavatsky, Helena Petrovna* (1831–1891): Die Gründung der theosophischen Gesellschaft durch Blavatsky im Jahr 1875 regte in Großbritannien das Interesse an der orientalischen Philosophie und den Geheimwissenschaften an.

S. 83 – *Yeats, William Butler* (1865–1939): Irischer Schriftsteller, 1923 Nobelpreis für Literatur.

S. 83 – *Harpokrates*: Höchste Gottheit, nach dem Vorbild des antiken Griechenland, d. h. die griechische Form des ägyptischen Gottes Hoor-paar-kraat.

S. 84 – *Ouarda*: Arab. Rose, nach dem Namen von Crowleys erster Frau Rose Kelly, die ihn in Kairo mit Aiwass zusammenbrachte.

S. 84 – *Ra-Hoor-Khuit*: Ägypt. Gott der Kraft und des Feuers; repräsentiert das offenbarte Universum.

S. 85 – *Mitleid ist das Laster der Könige …*: Vgl. Aleister Crowley, „Das Buch des Gesetzes", Basel 1977, S. 39.

S. 85 – *Schwester Virakam*: Mary d'Este Sturges, Crowleys zweite Scharlachfrau.

S. 85 – *bei der Paris-Arbeit*: Magische Operation, die Crowley 1914 durchführte (vgl. 1911 die Abuldiz-Arbeit; 1918 die Amalantrah-Arbeit) und bei der eine Vielzahl von Drogen im Spiel waren. Paris-Working war eine homosexuelle Prozedur mit Victor Neuburg.

S. 86 – *Heimat von Lingam*: Das Lingam ist ein Symbol dessen, „das unsichtbar dennoch omnipräsent ist, ein sichtbares Symbol der entscheidenden Wirklichkeit, die in uns anwesend ist (und in allen Gegenständen der Kreation)" www.templenet.com.

S. 87 – *Pessoa, Fernando* (1888–1935): Portugiesischer Schriftsteller und Kritiker; veröffentlichte unter verschiedenen Pseudonymen.

S. 108 – *Don Sturzo, Luigi*: Gründete 1919 den Partito Popolare Italiano, auch „Pipi" genannt, bei der ersten Nachkriegswahl mit 100 Mandaten die zweitstärkste Partei nach den Sozialisten mit 158 Mandaten; die neue Partei war aus dem Zusammenschluss mehrerer katholischer Organisationen hervorgegangen.

S. 108 – *Ravachol*: Eigentlich Francois-Claudius Koenigstein (1859–1892), frz. Anarchist, 1892 nach seiner Verhaftung wegen des Attentats auf den Staatsanwalt Bulot hingerichtet. Um die Gestalt Ravachols rankten sich in Paris allerlei Legenden, viele sahen in ihm einen Rächer der Armen.

S. 108 – *Vaillant, Auguste* (1861–1894): Belgischer Anarchist, wird nach seinem Bombenanschlag auf die Pariser Kammer im Palais Bourbon 1894 hingerichtet. Zu Tausenden zogen Pariser Arbeiter zu seinem Grab und legten Blumen und Schleifen darauf. Es wurde sogar die Polizei eingesetzt, um Besucher vom Friedhof fernzuhalten.

S. 108 – *Henry, Emile* (1872–1894): Frz. Anarchist. Wird 1894 nach seinem Bombenattentat auf das Hotel Terminus in Paris hingerichtet.

S. 108 – *Bresci, Gaetano* (1869–1901): Ital. Anarchist, tötet König Umberto I. von Savoyen in Monza bei einem Attentat am 29. 7. 1900; stirbt 1901 im Gefängnis (es war kein Selbstmord wie in der ersten offiziellen Erklärung verlautbart wurde, sondern er wurde von Gefängniswärtern ermordet, wie aus einer Untersuchung der Todesursache hervorgeht).

S. 108 – *Caserio, Sante Jeronimo* (1873–1894): Ital. Anarchist, wird 1894 hingerichtet. Caserio ermordete 1894 den Präsidenten Frankreichs, Marie Francois Sadi Carnot.

S. 109 – *Carducci, Giosuè* (1835–1907): Lyriker; 1906 Nobelpreis für Literatur.

S. 109 – *dritte Italietta*: Abwertende Bezeichnung, die die Instabilität der damaligen italienischen Regierung geißelt.

S. 109 – *des elenden Arschkriechers*: Spielt auf ein Gerücht an, demzufolge Carducci der Geliebte der Königin sei.

S. 109 – *Pascoli, Giovanni* (1855–1912): Lyriker, der eine pessimistische Sicht des gesellschaftlichen Lebens hat.

S. 109 – *Rapagnetta*: Ursprünglicher Familienname D'Annunzios. „Rapa" = „Rübe", „rapagnetta" = „kleine Rübe".

S. 109 – *Rapisardi, Mario* (1844–1912): Dichter, Typus des komischen, zugleich pathetischen und misanthropen Provinzliteraten. Seine Werke sind heute gänzlich unbekannt und unlesbar; nur das epische Gedicht „Lucifero" (1877) hat noch Relevanz, es wurde in Opposition zu Carduccis „Inno a Satana" verfasst; im 11. Gesang findet sich eine etwas gewagte bzw. geschmacklose Karikatur Carduccis; dadurch erreichte R. einen gewissen Bekanntheitsgrad.

S. 109 – *Cipriani, Amilcare* (1844–1918): Ital. Anarchist.

S. 109 –*Merlino, Francesco Saverio* (1856–1930): Ital. Anarchist.

S. 109 – *Galleani, Luigi* (1861–1931): Ital. Anarchist, flieht 1900 aus der Haft auf der Insel Pantelleria. Gründet am 6. 6. 1903 die Zeitschrift „Cronaca Sovversiva" in Vermont.

S. 109 – *Faure, Sebastian* (1858–1942): Frz. Anarchist, Autor einer Enzyklopädie des Anarchismus in vier Bänden.

S. 109 – *Garve, Jean* (1854–1939): Frz. Anarchist. Herausgeber der Zeitschrift „La Revolte".

S. 109 – *Brüder Reclus*: Frz. Anarchisten: Elie (1827–1904), Journalist und Kommunarde von Paris 1871, und Elisée (1830–1905), mit Kropotkin einer der wichtigsten anarchistischen Publizisten.

S. 109 – *Michel, Louise* (1830–1905): Frz. Anarchistin, Frauenrechtlerin, Kommunardin, Lehrerin.

S. 110 – *extrana devocion!*: Bombe, die bei einer Prozession gezündet wurde. Da die Opfer alles Leute aus dem Volk waren, kam der Verdacht auf, die Urheber des Anschlags bei der Polizei zu suchen (die einen Vorwand gegen die Anarchisten brauchte). Nach dem Bauernaufstand von Jerez waren vier Anarchisten füsiliert worden.

S. 114 – *Vizzini, Calogero*: Mafiaboss von Villalba. 1944 lässt er bei Landarbeiterunruhen auf den kommunistischen Abgeordneten Li Causi schießen. Vizzini war Hauptgesprächspartner der Amerikaner nach 1943 auf Sizilien. Obwohl während des Faschismus zu fünf Jahren Haft verurteilt, die wieder aufgehoben wurde, konnte er als Bürgermeister von Villalba amtieren. Nach der Landung der Alliierten legte er eine Liste mit „unverdächtigen Männern und Antifaschisten" vor, die Ämter bekleiden sollten. Die Alliierten ernannten ihn zum Ehrenoberst der US-Armee.

S. 129 – *Mutter Alostrael*: Crowley nannte Leah Hirsig seine neue „scharlachrote Frau", oder „Der Affe (des Thot)" oder „Alostrael".

S. 129 – *Rosmini Serbati, Antonio* (1797–1855): katholischer Philosoph.

S. 129 – *Die Dichterin hob ab und zu das Haupt*: Der Bilderzyklus (1148 vollendet) im Dom von Cefalù entspricht den Regeln der byzantinischen Kirche für die Darstellung der himmlischen Hierarchie: überdimensional in der Halbkugel der Apsis das Bild des Pantokrators, des Herrschers der Welt, des segnenden Christus, „Christus des Jüngsten Gerichts"; darunter, über dem Fenster, ist Maria orans, mit der antiken Gebärde des Gebets mit ausgebreiteten Händen, verehrt von den vier Erzengeln Raphael, Michael, Gabriel, Uriel; darunter die 12 Apostel. Herausgehoben sind Petrus und Paulus, die Hauptheiligen des Hauses Hauteville, aus dem die Normannenkönige Siziliens stammten. Die Wände der Apsis sind mit Bildern von Propheten und Heiligen geschmückt. Seraphime und Cherubime zieren in prachtvollen Farben das Kreuzrippengewölbe des Altarbereichs.

S. 131 – *Ikonostase*: Griech. „ikonostasis", wichtigster liturgischer Baukörper der orthodoxen Kirche; Trennwand, trennt den als numinos erlebten Altarraum, der nur für Priester und Diakone zugänglich ist, vom Kirchenraum und bildet eine Trennlinie zwischen himmlischer und irdischer Welt.

S. 131 – *Ambon*: Erhöhung vor dem Ikonostas, der Bilderwand.

S. 137 – *Fangotto ... Krater Skyphos Amphore ...*: verschiedene bei den alten Griechen und in Sizilien verbreitete Tongefäße, Becher, Krüge, Vasen.

S. 150 – *sizilianischen Vesper ...*: Volksaufstand in Sizilien, beginnend mit dem 31. 12. 1282, Vertreibung der Anjou aus Sizilien, Beginn der Herrschaft des Hauses Aragon in Sizilien.

S. 150 – *bayadère sanz nez*: Bild eines unbekannten Malers, befindet sich heute in der Galleria Nazionale della Sicilia, Palazzo Abatellis; es wird auch Antonello da Messina zugeschrieben.

S. 150 – *den Bastard*: Gerücht, als Kind sei der König in der Wiege ausgetauscht worden.

S. 150 – *Ganellone aus Predappio*: Schimpfwort der Anarchisten für Mussolini, der aus dem Dorf Dovia di Predappio in der Provinz Forlì stammte.

MARIA E. BRUNNER

[NACHWORT]

„Bei Nacht, von Haus zu Haus" spielt 1920 im sizilianischen Cefalù.
Im Zentrum der Handlung steht die Familie Marano; sie stammt von
Marranen ab, den sog. Judenchristen, die sich unter dem Druck der
Verfolgungen nach der 1492 erfolgten Vertreibung der Juden aus
Sizilien taufen lassen mussten, jedoch im Land blieben und dadurch in
einer Art innerem Exil lebten. Der junge Petro Marano, Dorfschulleh-
rer und Sozialist, wird am Ende des Buches vor der politischen Verfol-
gung ins tunesische Exil fliehen und sich verbittert vom Anarchismus
abwenden. Die Leute in Cefalù sehen in seinem gemütskranken Vater
einen an Likantropie erkrankten „Werwolf". Beerbt vom aristokrati-
schen Tolstoi-Anhänger Don Michele war Petros Vater unerwartet
vom Landarbeiter zum Eigentümer geworden, doch Petros ältere
Schwester Serafina leidet an krankhafter Frömmelei, die jüngere, Lucia,
an Verfolgungswahn; sie endet in einer Irrenanstalt. Weil sie sich nicht
mehr unter ihrem Stand verheiraten will, hatte sie zuvor den Heirats-
antrag des Hirten Janu, eines Jugendfreundes, der ihr bedingungslos
ergeben war, abgelehnt. Janu gerät nach dieser Demütigung in den
gefährlichen Bannkreis des bisexuellen Scharlatans und Magiers
Aleister Crowley, seiner Frau Leah (der „scharlachroten Frau") und
seiner Maitresse Ninette, „Schwester Cypris" genannt. Janu wird an
Syphilis erkranken und als Viehdieb eingekerkert werden. Der Englän-
der Crowley, mit Pessoa, Katherine Mansfield, Yates und W. S. Maug-

ham bekannt, der ihm im parapsychologischen Roman „Der Magier" ein unrühmliches Denkmal setzte, hatte am 2. 4. 1920 in Cefalù in der Villa Caldarazzo die Gemeinschaft der Abtei Thelema gegründet, die den Archetypus einer neuen Gesellschaft formen sollte; eine Schar extravaganter Jünger aus aller Herren Länder frönt hier unter der Leitung des Meisters gnostischen Messen und esoterischen Riten, sexualmagischen Ritualen und dem extensiven Gebrauch von Äther, Haschisch und Heroin. Crowleys Ankunft in Cefalù wird von Don Micheles Neffen, Baron Cìcio, einem Erzfeind Petros und zugleich einem fanatischen Bewunderer des Helden von Fiume, Gabriele D'Annunzio, als willkommene Abwechslung empfunden. Er wittert die Chance, in der Abtei bei sexualmagischen Riten endlich seine erotischen Phantasien ausleben zu können. Faschistische Schlägertrupps verwüsten zusammen mit dem Diener des Barons auch das Haus der Marano, dabei werden die großen Terrakotta-Gefäße mit dem Olivenöl zerstört, ein Angriff auf das Leben, den Geist der Weisheit und der Vernunft der Göttin Athene. Petro beschließt noch auf dem Schiff nach Tunesien, im politischen Exil seinem Schmerz im Schreiben Ausdruck zu verleihen und Schriftsteller zu werden, jedoch ohne sich der Kolonie der politischen Exilanten aus Italien und ihrem Wortführer Schicchi, einem radikalen Anarchisten, anzuschließen.

In dem autobiografischsten aller Bücher Consolos (entstanden nach dem Tod des Freundes Leonardo Sciascia) wird die Initiation zum Schriftsteller beschrieben; Petro Marano will den hohlen Hymnen Rapisardis auf den Anarchismus als eigene Vorbilder Dante, Leopardi und Tolstoi entgegensetzen. Der Roman zeigt auch, wie Irrationalismus, Extremismus, Personenkult und Sektierertum in Gewalt und Faschismus münden.

Das 1992 in Italien erschienene Buch ist eine Parabel für die Gesellschaft unserer Tage, die geprägt ist von denselben ideologischen Krisen, von New Age, religiösem Fanatismus, von Irrationalismus, von revisionistischen Tendenzen in Politik und Historiographie, wie dies im Italien der zwanziger Jahre der Fall gewesen war. Für diesen Roman erhielt Consolo den Premio Strega und den Premio Grinzane Cavour.

Consolos Sprache – *lo stile della voce*

Consolo nutzt die größere dichterische Freiheit, welche das Erzählen in der dritten Person erlaubt. Das Unterbewusstsein der wichtigsten Romanfiguren (Petro, das „Tier 666") wird durch eine Flut von Bildern und den Sog der Erinnerung offen gelegt und so die dunklen Welten der menschlichen Psyche erforscht. Das *parlato* („Vittor Ugo", Kapitel IV) wird streckenweise in eine Extremform des inneren Monologs interpoliert, bei der rational nicht gesteuerte Bewusstseinsabläufe in ihrer Flüchtigkeit dargestellt werden. Das Spiel mit Euphemismen gelingt jedoch nur im Dialekt, in burlesken Szenen voller Komik. Der Autor kümmert sich nicht um die Grenzen der literarischen Gattungen, historisch Verbürgtes und Erfundenes halten sich die Waage, Zeugnis und Erfindung, Sachtext und Fiktion. In „Bei Nacht, von Haus zu Haus" mischt er daher Historisches und Fiktives, die Erzählung eines privaten Schicksals vor dem Hintergrund des Schicksals eines Landes und eines Volkes, und er lässt im *parlato* die Menschen von Cefalù selbst zur Sprache kommen. Die Eigenständigkeit der Welt dieser Menschen erfährt so eine literarische Würdigung, kein ihnen fremder Modus der Wahrnehmung und der Artikulation wird ihnen übergestülpt. Die Romanfiguren sind unterschiedlichster sozialer Herkunft, daher wird der Roman auf verschiedenen sozialen Ebenen und in den unterschiedlichsten sprachlichen Registern entwickelt: in einem ständigen Wechsel von Dialog, der Darstellung einer ungeregelten Folge von Bewusstseinsinhalten der Figuren (z. B. im Bewusstseinsstrom Petros, in Kapitel IV), freien Assoziationen und Erzählung selbst (die allerdings überwiegt). Von einer eher komplexen Syntax in der direkten, erlebten bzw. indirekten Rede von Baron Cìcio wechselt die Darstellung zum Multilinguismus in der Sprache der Thelemiten bzw. zur dialektal eingefärbten, auf komische Effekte zielenden Sprache des Dieners, des Kutschers oder des Schusters Gandolfo Allegra.

Durch die Betonung der Visualität, d. h. durch die Darstellung der bildenden Kunst der Antike, herausragender Bauwerke Siziliens (wie der Kathedrale von Cefalù) und der Malerei möchte Consolo wieder zurückfinden zur Historie seiner Insel, daher die häufigen Exkursionen in die unterirdischen Räume, das Hypogäum der Welt der Antike. Diese „archäologische" Traumdeutung (nach dem Muster von C. G. Jung) als antikes Traumszenarium ist das Leitmotiv par excellence in Consolos Werk.

Consolos Bücher sind *narrazioni*, zugleich sind es aber auch Dokumente der Realität des Südens, des *Meridione*, und subjektive Berichte, denn Objektivität „kann es niemals geben". Der Autor steht mit seinem „Empfindungsvermögen und der Auswahl, die er trifft", immer dazwischen. Consolo definiert seine Prosa als „Monolog", als spezifische Form der Provokation und des Protests gegen den Mainstream des Literaturbetriebs und die Verflachung der Sprache durch die Massenmedien. Sein Werk bedarf allerdings allegorischer Interpretation, z. B. „die schleimigen Tentakel des Monsters, des Polyps", die Petro von der virtuellen Welt des Kinoerlebnisses auf seinen Kampf gegen den erstarkenden Faschismus überträgt. Das Rennautomobil des Barons, die „Wanze" mit „Insektenbeinchen", ist ein Echo auf kafkaeske Bilderwelten.

Consolo ist also von dem, was man gemeinhin unter Realismus versteht, weit entfernt; was ihn auszeichnet, sind das erzählerische Reflexionsniveau und die intertextuellen bzw. intermedialen Akzente in seiner Prosa, in der gesprochene Sprache, Literatursprache und Fachsprachen (das Töpferhandwerk von Santo Stefano di Camastra oder die Herstellung von Olivenöl betreffend) einander begegnen.

Metapher Sizilien

Consolo nennt diesen Roman „eine Tragödie in Versform"; die Figuren haben, wie Manzoni es als Desiderat für einen Roman formuliert hatte, „das Kolorit ihrer Zeit". Den Hintergrund bildet die „Metapher Sizilien" in den zwanziger Jahren: der Westen Siziliens (wo dieser Roman spielt) ist in den Augen Consolos der Ort des Oberflächlichen, der arabischen, normannischen, schwäbischen, spanischen Einflüsse – der Prosa, des Logos, der Metapher, also ein

Ort der Geschichte; der Osten der Insel hingegen ist der Ort des Vulkans, der Natur, des Tellurischen, der byzantinischen, römischen, griechischen Wurzeln, der Lyrik, des Mythos und der Symbole, also ein Ort des Seins.

Consolo hat 1976–1998 eine Trilogie über Sizilien vorgelegt; er wollte seine Insel in drei entscheidenden historischen Momenten darstellen: In „Das Lächeln des unbekannten Matrosen" lernt Enrico Pirajno Baron von Mandralisca, ein aristokratischer Kunstsammler und Wissenschaftler (der sich mit den seltensten Mollusken Siziliens befasst), während seiner Reisen durch die Insel die politische Realität Siziliens nach der Landung Garbaldis 1860 in Marsala kennen: gerade die Schnecke wird zum politischen Symbol, denn sie verwandelt sich in einen unterirdischen Kerker, aus dem der Ruf der Bauern nach Freiheit heraufsteigt; der Baron muss aufgrund der blutigen Bauernaufstände in Alcàra seine Erforschung des naturgeschichtlichen Reichtums Siziliens aufgeben und zudem einsehen, dass es keine Verbindung zwischen wissenschaftlicher Abstraktion und gesellschaftlicher Aktualität geben kann. Das berühmte ironische Lächeln auf dem „Bildnis des unbekannten Matrosen" von Antonello da Messina kommentiert die Lebenslüge der wohlhabenden Gesellschaft der Insel (die sich Mitte des 19. Jh. schon selbst überlebt hat), ebenso wie das zurückgezogene Dasein eines skeptischen Intellektuellen. Dieses „Bildnis des unbekannten Matrosen" wird auch im zweiten Teil der Trilogie wieder evoziert; in „Bei Nacht, von Haus zu Haus" geht es Consolo um die Darstellung der Wurzeln und Folgen von Irrationalismus und Faschismus. Der dritte Roman der Sizilien-Trilogie ist „Lo spasimo di Palermo", ein memorialistischer Gegenwartsroman, ein Generationenroman der 68er, ein Roman über die Verbrechen der Mafia und ihr Bündnis mit den Parteien (der Tod des Staatsanwalts Borsellino und seiner Eskorte am 19. 7. 92 durch eine Autobombe bildet das Schlusstableau); Schriftsteller und Intellektuelle haben in einem solchen gesellschaftlichen Kontext keine Möglichkeiten mehr, rettend einzugreifen, etwas zu bewirken.

Der zweite Teil der Trilogie, der Roman „Bei Nacht, von Haus zu Haus", evoziert im Gegensatz dazu noch zukunftsträchtige Elemente der sizilianischen Geschichte (u. a. die Landarbeiterunruhen), dazu die reiche Kulturgeschichte der Insel (die Megalithkultur, die Spuren der griechischen Kolonisatoren und der Normannenherrschaft), die Handwerkstraditionen, u. a. die der Töpfer von Santo Stefano di Camastra, die Kunst der Herstellung von kaltgepresstem Olivenöl und nicht zuletzt auch die heitere Geschichte von der Erfindung der Gummistiefel in der Werkstatt eines findigen anarchistischen Schusters von Cefalù. Quell des Erzählens ist die Erinnerung, den Humus hingegen liefert der kulturgeschichtliche Boden Siziliens: Consolo gilt nicht umsonst als *scrittore colto*, als *poeta doctus*, der sich in seinen Werken auf Gadda, Verga, Manzoni, Sciascia, Pirandello, aber auch auf Pasolini bezieht. Ebenso wird im vorliegenden Roman die Position Dantes, der in *De vulgari eloquentia* die Volkssprache verteidigt und sie zur Sprache seiner Dichtung auserkoren hatte, sowie der Beitrag Leopardis zur Entwicklung der italienischen Sprache gewürdigt.

Intertextualität und Intermedialität sind in Consolos Poetik zwei Seiten einer Medaille. Consolo verweist daher v.a. auf die sizilianischen Spuren in der Kunstgeschichte: neben dem berühmten *Pantokrator*-Mosaik im Dom von Cefalù aus dem Jahr 1148 auch auf die *bayadère sans nez* im letzten Kapitel (zu sehen ist dieses Gemälde in Palermo, in der Galleria Nazionale della Sicilia im Palazzo Abatellis, und zwar als Bild eines unbekannten Malers; zugeschrieben wird dieses Bild Antonello da Messina). Beschreibungen von Gemälden und Bauwerken nehmen einen breiten Raum ein, in Consolos allumfassender Wirklichkeitsdarstellung gehören diese Kunstwerke als Teilbereiche der Lebenswelt Siziliens in das narrative Gewebe seines Textes.

Wie intensiv Consolo sich mit den wechselseitigen Beziehungen zwischen bildender Kunst und Literatur befasste und den Dialog mit der bildenden Kunst und dem Film suchte, belegt der vorliegende originelle Versuch Consolos, die Tradition der Ekphrasis weiterzuentwickeln. Darunter ist die literarische Beschreibung von Kunstgegenständen zu verstehen (in der Rhetorik meinte der Begriff ursprünglich einen Text, der durch seine Bildkraft das Mitgeteilte veranschaulicht, um rhetorische Wirkungen zu erzielen). *Enargeiea*, d. h. Anschaulichkeit wurde zum Hauptziel der Ekphrasis, die auch Consolo über die spezifisch visuelle Struktur seiner eigenwilligen syntaktischen Gebilde erzielen will. Ekphrasis als eine Form der Mimesis ist insofern bei Consolo nicht so paradox, da in seinem Werk dem stummen (meist männlichen) Bild (z. B. dem Pantokrator; der Figur in Dürers *Melancholia I* in Kapitel V; dem Tod in *bayadère sans nez*) eine männliche Stimme verliehen wird und dabei die Stimmen des Bildes weder verzerrt noch unterdrückt werden.

Consolos Spiel mit der Intermedialität ist ein auf mehreren medialen Ebenen intendiertes; der auch als Journalist und Filmkritiker ausgewiesene Consolo bezieht sogar spezifische Elemente filmischen Schreibens in seine Darstellung mit ein (z. B. in der Landschaftsbeschreibung zu Beginn des IX. Kapitels); auch die Perspektive des Filmrezipienten kommt zur Sprache, d. h. Elemente der Filmwahrnehmung (in Kapitel XI und XII). Consolo baut sein erzählerisches Gebäude allerdings nicht nur auf dem Fundus intermedialer, sondern auch intertextueller Komplexität und Vielschichtigkeit auf: so beginnt das IX. Kapitel mit einer Rekonstruktion der Vergangenheit und der Lebensgeschichte in einem ganz bestimmten historischen, gesellschaftlichen und topographischen Kontext. Die Funktion dieser breit angelegten Landschaftsschilderung ist nicht unmittelbar einsichtig, darin der Schilderung der Landschaft am Comer See von Manzoni im I. Kapitel der „Promessi Sposi" vergleichbar; doch sie bildet eine grandiose Eingangsmetapher, die bei aller geografischen Präzision den Bildbereich Natur mit dem Bildbereich Mensch und Geschichte verbindet, denn die als Landschaft angesehene Natur nimmt den Verlauf der menschlichen Entwicklungen vorweg. Das III. Kapitel von „Bei Nacht, von Haus zu Haus" setzt mit einer Parodie des Romananfangs von „Il fuoco" ein, denn die dekadente Welt, hinter die sich Baron Cìcio verschanzt hat, gleicht D'Annunzios ästhetizistischer Predigt mit politischem Anstrich. Eine Hommage an Gadda lässt Consolo im IX. Kapitel durchklingen, und zwar liefert er mit „le vele le vele" („die Segel die Segel") einen Echotext auf Gaddas „Die Erkenntnis des Schmerzes" und den dort wortgewaltig geschilderten Zerfall der bürgerlichen Welt der lombardischen Bourgeoisie, denn bei Gadda verweist der sarkastische Ausruf „Di ville, di ville!" auf diese bürgerliche Welt der *Brianza*, das Hügel- und Seengebiet mit Villen und Landgütern; wie Consolos hier vorgestellter Roman spielt auch Gaddas imaginäre Autobiografie in den ersten Jahren des faschistischen Regimes.

Pirandellos poetische Definition des Sternenhimmels „i chiodi del mistero" (in Kapitel XII), wird zitiert; aber auch Shakespeares „Macbeth" taucht im Bewusstseinsstrom Crowleys auf, und zwar bei dessen Wahrnehmung des Doms von Cefalù als „Kastell in Schottland ... unter der schönen Sonne von York" (Kapitel X), ebenso wie das Ophelia-Motiv aus dem „Hamlet" (in Kapitel II). Schließlich wird in „Bei Nacht, von Haus zu Haus" auf Vergas Novelle „Nedda" Bezug genommen (*Janu*, der Vater von Neddas unehelichem Kind, wird der Malaria zum Opfer fallen; wie bei Consolos Figur Janu bleibt sein Weg vorgezeichnet von der Armut aus der er stammt); auch Vergas epochemachender Roman „I Malavoglia" wird in einer spezifisch sizilianischen Form der Dialogizität evoziert, die nicht nur durch die Zitate zu Beginn von Kapitel VIII und XI untermauert wird; *Provvidenza* heißt dort das schicksalsträchtige Boot, das die Lebensgrundlage der Familie Malavoglia sichern sollte, *Provvidenza* heißt hier der weiße Dampfer, der den Weg in die Emigration ermöglicht. Auch Verga berichtet, ebenso wie Consolo, nicht wie ein neutraler Romancier, indem er ein Milieu zergliedert, sondern er erzählt eine Geschichte, in deren Bereich er eingebunden ist, da er am Geschehenden Anteil nimmt. Der Name Marano taucht auch in „Die Äcker des Herrn" von Francesco Jovine (1902–1950) auf, wo außerdem Gramscis Thesen von den Klassenverhältnissen im Süden Italiens und die Rolle der Intellektuellen untermauert werden. Auch bei Jovine geht es um die Bauernkämpfe (und zwar im Molise) zur Zeit der faschistischen Machtergreifung: Luca Marano, ein junger Sozialist voller Idealismus, wird in „Die Äcker des Herrn" schließlich durch die Kugeln der faschistischen Schwarzhemden und der Karabinieri getötet werden.

Die Choralität der Erzählung, die durchgängige Überschneidung der Erzählebenen, die Übergänge von der Erzählung zum Dialog und die Verflechtung beider verschmelzen in Consolos „Bei Nacht, von Haus zu Haus" zu einem erzählerischen Ganzen. Die Erlebnisse der Familie *Marano*, die im Zentrum der Handlung steht, werden eins mit den Erlebnissen der übrigen Dorfbewohner: alle gemeinsam wiederum sind den großen Ereignissen der sizilianischen Geschichte und Natur, den Krankheiten, den Revolten und dem politischen bzw. religiösen Fanatismus ausgesetzt.

Erzählen bedeutet, geschichtliche Zeugnisse zitieren zu dürfen, aber auch die dunklen, verborgenen Seiten der menschlichen Psyche an der Grenze zum Verstummen auszuloten: „Heute kann man keine Romane mehr schreiben", sagt der Autor in einem Interview, sondern nur mehr *narrazioni* im Sinne von Walter Benjamins „Erzähler"-Aufsatz mit einem auf der mündlichen Erzähltradition fußenden Erzählerbegriff aus vorbürgerlicher Zeit. Mit dieser Poetik der Erinnerung hält Consolo in seinen Werken die kulturelle Identität Siziliens wach, er bannt eine untergehende Welt, die traditionsreiche Welt der bäuerlichen Kultur und der Geschichte Siziliens auf das Papier: die Erinnerung hat auch in Bezug auf Consolos Sprache eine wichtige Funktion, denn er will mit der untergehenden Kultur des sizilianischen Handwerks und der Landwirtschaft, mit der Flora und dem archäologischen Reiz der Insel auch die Sprache, d. h. die Wörter ins kulturelle Gedächtnis einschreiben, die zu dieser Kultur gehören und die diese untergehende Welt bezeichnen. Dabei ist seine Sprache immer kunstvoll modelliert und extrem reflektiert, zugleich ist Consolo aber auch ein Autor, der sich seiner Rolle als politischer-moralischer Warner bewusst bleibt.

Schließlich war Consolos Option für bestimmte ästhetische Ausdrucksformen immer ethisch begründet; das Bild des *Mezzogiorno* in den frühen Werken Consolos lässt Echotexte auf Vittorini, Tomasi di Lampedusa oder Carlo Levi in „Cristo si è fermato a Eboli" entstehen; doch die „soziologische Schreibweise" Levis war Consolos Sache nicht. Inzwischen hatte sich nicht nur der Neorealismus endgültig verbraucht, auch Pasolini hatte 1961 in seinem

Essay „Nuove questioni linguistiche" den tiefgreifenden Paradig-
menwechsel diagnostiziert, in dem sich die Sprache und die Kultur
Italiens befanden – für Pasolini ein eher fragwürdiger Modernisie-
rungsprozess. Auch Consolo optierte daher nach der Beschäftigung
mit den unterschiedlichen literarischen Traditionen und Stilrichtun-
gen des Novecento für seine ganz eigene Art der *scrittura espressiva*.
Seitdem definiert er sich als „Expressionist", wobei das Leitmotiv
der Reise in seinen Werken für das Erzählen selbst steht. Es sind
Reisen zurück in die eigene Kindheit, in die Vergangenheit, über das
Mittelmeer, durch Sizilien – auch Reisen um den Preis des Verlusts
der Heimat.

Auch die Frage nach dem Sinn des Schreibens wird vom Mora-
listen Consolo aufgeworfen: in Zeiten des Irrationalismus und
Faschismus ist sogar die Kraft der Vernunft, der Aufklärung, der
Kultur, der mögliche Einfluss des dichterischen Wortes einge-
schränkt. In „Bei Nacht, von Haus zu Haus" erscheint daher auch
die Kunst als Mittel im Kampf gegen das Chaos zunehmend bedroht,
ebenso wie das Vertrauen in das Potential der Aufklärung und
Befreiung, die das Schreiben in sich birgt, auch bei Petro Marano
begrenzt ist; die Kunst ähnelt als Metapher in ihrem Status des
latenten Bedrohtwerdens dem Tonkrug, der *giara*, dieser harmoni-
schen, schönen und zweckmäßigen, zugleich aber zerbrechlichen
Form, die das Kulturgut Siziliens schlechthin, das Olivenöl als
Symbol der Vernunft beherbergen soll.

[INHALTSVERZEICHNIS]

I   Mondsucht 5

II   Die Erscheinung 13

III Don Nené 23

IV Der Turm 33

V   Das Zicklein 51

VI Die Hitze 63

VII Das Große Tier 666 75

VIII Die Frauen 89

IX Die Cerda 103

X   Pfingsten, Osterfest der Rosen 117

XI Die Schändung 133

XII Die Flucht 141

Anmerkungen 152

Nachwort 159

FOLIO VERLAG

Sämtliche Bände 13,5 x 21 cm

Miljenko Jergović
Mama Leone. Erzählungen
Hardcover, 315 S., ISBN 3-85256-120-5

Bd. XXV

Olga Sedakova
Reise nach Brjansk. Zwei Erzählungen
Hardcover, 129 S., ISBN 3-85256-127-2

Bd. XXVI

Freimut Duve/Nenad Popović (ed.)
In Defence of the Future. Searching in the Minefield
Franz. Broschur, 195 S., ISBN 3-85256-147-7

Bd. XXVII

Zoran Ferić
Engel im Abseits. Neun Erzählungen
Hardcover, 140 S., ISBN 3-85256-085-3

Bd. XXVIII

Michael Hamburger
In einer kalten Jahreszeit. Gedichte
Franz. Broschur, 58 S., ISBN 3-85256-154-X

Bd. XXIX

Freimut Duve/Heidi Tagliavini (Hg.)
Kaukasus – Verteidigung der Zukunft
24 Autoren auf der Suche nach Frieden
Franz. Broschur, 310 S., ISBN 3-85256-161-2

Bd. XXX

Freimut Duve/Heidi Tagliavini (ed.)
The Caucasus – Defence of the Future
Twenty-Four Writers in Search of Peace
Franz. Broschur, 281 S., ISBN 3-85256-171-X

Bd. XXXI

Drago Jančar
Die Erscheinung von Rovenska. Erzählungen
Hardcover, 194 S., ISBN 3-85256-160-4

Bd. XXXII

Martin Kubaczek
Strömung. Erzählung
Hardcover, 175 S., ISBN 3-85256-162-0

Bd. XXXIII

Alexander Pjatigorskij
Erinnerung an einen fremden Mann. Roman
Hardcover, 271 S., ISBN 3-85256-188-4

Bd. XXXIV

Luis Stefan Stecher
Korrnrliadr. Gedichte in Vintschger Mundart
Hardcover mit Audio-CD, 124 S., ISBN 3-85256-189-2

Bd. XXXV

Andrej Blatnik
Das Gesetz der Leere. Erzählungen
Hardcover, 163 S., ISBN 3-85256-187-6

Bd. XXXVI

Sämtliche Bände 13,5 x 21 cm

Drago Jančar   Bd. XXXVII
Brioni. Und andere Essays
Hardcover, 218 S., ISBN 3-85256-202-3

Theater m.b.H. (Hg.)   Bd. XXXVIII (Bd. I)
Schutzzone. Und andere neue Stücke aus Exjugoslawien   Bd. XXXIX (Bd. II)
Hardcover, beide Bände zus. 758 S., ISBN 3-85256-204-X (Bd. I), 3-85256-205-8 (Bd. II)

Igor Štiks   Bd. XL
Ein Schloß in der Romagna. Roman
Hardcover, 143 S., ISBN 3-85256-203-1

Sabine Gruber/Renate Mumelter (Hg.)   Bd. XLI
Das Herz, das ich meine. Essays zu Anita Pichler
Franz. Broschur, 202 S., ISBN 3-85256-206-6

Martin Kubaczek   Bd. XLII
Amerika. Roman
Hardcover, 224 S., ISBN 3-85256-222-8

Arno Widmann   Bd. XLIII
Sprenger. Roman
Hardcover, 313 S., ISBN 3-85256-221-X

Freimut Duve/Achim Koch (Hg.)   Bd. XLIV
Balkan – die Jugend nach dem Krieg. Verteidigung unserer Zukunft
Franz. Broschur, 280 S., ISBN 3-85256-226-0

Anonimo Triestino   Bd. XLV
Das Geheimnis. Roman
Hardcover, 501 S., ISBN 3-85256-232-5

Dmitrij Prigow   Bd. XLVI
Lebt in Moskau! Roman
Hardcover, 347 S., ISBN 3-85256-234-1

Zoran Ferić   Bd. XLVII
Der Tod des Mädchens mit den Schwefelhölzchen. Roman
Hardcover, 204 S., ISBN 3-85256-233-3

Claus Gatterer   Bd. XLVIII
Schöne Welt, böse Leut. Kindheit in Südtirol
Hardcover, 422 S., ISBN 3-85256-242-2

Stanislav Vinaver   Bd. XLIX
Wien. Ein Wintergarten an der Donau. Reportagen
Hardcover, 117 S., ISBN 3-85256-253-8